三毛猫ホームズの失樂園

三色猫探案
怪盗猫

〔日〕**赤川次郎** 著

左汉卿 王肇睿 译

人民文学出版社
PEOPLE'S LITERATURE PUBLISHING HOUSE

著作权合同登记号　图字01-2022-0887

MIKENEKO HOUMUZU NO SHITSURAKUEN
©Akagawa Jiro 1999
All rights reserved.
Original Japanese edition published by Kobunsha Co., Ltd.
Publishing rights for Simplified Chinese character arranged with Kobunsha Co., Ltd. through
KODANSHA LTD., Tokyo and KODANSHA BEIJING CULTURE LTD., Beijing, China.

图书在版编目（CIP）数据

怪盗猫／（日）赤川次郎著；左汉卿，王肇睿译.
—北京：人民文学出版社，2023
（三色猫探案）
ISBN 978-7-02-018128-5

Ⅰ.①怪… Ⅱ.①赤… ②左… ③王… Ⅲ.①长篇
小说—日本—现代 Ⅳ.①I313.45

中国版本图书馆CIP数据核字（2023）第134235号

责任编辑　卜艳冰　陶媛媛
装帧设计　钱　珺

出版发行　人民文学出版社
社　　址　北京市朝内大街166号
邮政编码　100705

印　　制　山东临沂新华印刷物流集团有限责任公司
经　　销　全国新华书店等

字　　数　133千字
开　　本　787毫米×1092毫米　1/32
印　　张　8.125
版　　次　2023年8月北京第1版
印　　次　2023年8月第1次印刷

书　　号　978-7-02-018128-5
定　　价　39.00元

如有印装质量问题，请与本社图书销售中心调换。电话：010-65233595

目 录

三色猫探案：一个温情的故事世界

自三色猫福尔摩斯首次与读者见面，迄今已经有三十六个年头了。三十六年，差不多是普通猫咪寿命的两倍。

把小猫设定为侦探，这一想法的诞生纯属偶然。拿到"全读物推理小说新人奖"的第二年，出版社向我约稿写一部长篇推理小说。我绞尽脑汁苦苦思索如何塑造新奇有趣的主人公，因为在"喜剧推理"的大框架中，侦探的形象写来写去好像只有那几种。

就在这时，家里养了十五年的三色猫走到了生命尽头。这只小猫早已成为家里不可或缺的一员，而且，这十几年是我家生活最为艰辛的一段时期，正是这只三色猫为我们带来了无限欢乐。

等我正式出道，家里的生活终于有所改善之时，三色猫就像完成了自己的任务一样，永远地离开了我们。为了报答小猫多年以来的陪伴，我决定让它在我的作品中复活。于是，在《推理》一书中，与我家小猫形态、毛色如出一辙的"猫侦探"从此登场。

不过，那时我并未打算写成系列。没想到此书一经出版好评如潮，结果我又写出了第二部、第三部……年复一年，不知不觉间，这个系列已迎来了第五十部作品。原本是我希望通过写小说向我家三色猫报恩，结果它又以几十倍的恩情回馈了我。

三色猫福尔摩斯、片山兄妹、石津刑警，这些角色不仅仅是我创作的角色，多年来，广大读者已把他们当作家人一般亲近与喜爱。因此，我会一直把这个系列写下去。

中国出版界很早之前就引进了这套作品中的若干部，不知道猫这种生物，在日本人和中国人心目中的形象是不是有很多共通之处呢？

无论如何，这个系列被翻译成中文并被广泛阅读，这对于作者来说，实在是无上的荣幸。

曾经有一名小学生读者看了"三色猫探案"系列后对我说："原来坏人也是有故事的啊。"在我的书里，猫侦探也好，片山刑警也好，他们都不是对罪犯一味穷追猛打的那种主人公。有些人是因生活所迫，不得已而犯下罪行的。对于他们，我书中的侦探们在彻查真相的同时，总是怀有同情心。

也许现实世界比小说残酷许多，但我衷心期待大家在阅读"三色猫探案"系列时能够暂时忘却现实，在这个充满温暖和人情味的世界中获得治愈和救赎。

猫侦探也是这样希望……的吧。

赤川次郎

二〇一四年四月

序　章

光源乍现。

不，那东西本身并不发光。之所以看着像在发光，是光束穿过敞开的门照射在那东西身上，产生了反射光。

但是……在眼睛还无法适应的昏暗环境里，他看不清那亮着的东西是什么。那边有床，那个圆而亮的东西看起来……像个光头，可他的妻子并不是秃头啊。

眼睛还没习惯，声音就钻到耳朵里来了。是床板发出的"嘎吱嘎吱"声。

伴着粗重的喘息，还混杂着分不清是呻吟还是叹气、无法形容的……

他呆立原地，只觉得浑身血液倒流。同时，对方也注意到了他，抬起了头。

这回不是秃头，而是一双炯炯的眼睛在发光。那目光笔直地、毫不慌张地注视着他。

他听到了妻子因察觉到什么而屏息的声音。因被男人压在身下，妻子的身体不太能自由活动。她扭动身体，稍微把头从枕头上抬起来，望向门的方向，认出了丈夫的身影。

妻子垂下了目光，接着，丈夫也垂下了目光。

而那个压在妻子身上的秃头男人似乎没有打算移开视线。

"我说你，太碍事儿了，"男人理直气壮地说道，"去走廊上等着吧。"

他甚至没有提出什么异议，就顺从地朝外面的走廊走去，还带上了门。

甚至差点儿脱口而出"对不起""打扰了"之类的。

他走了几步，膝盖像是散架了似的，蹲了下来。然后靠在墙边，一动不动地抱膝坐着。

关闭的门里，什么也听不到。但他的耳朵里，床的"嘎吱"声、妻子发出的声音和那个男人的声音混在一起，不停地回响。

等了几分钟……还是几十分钟……几个小时？

门开了……然而，不是战战兢兢地，也不是偷偷摸摸地，而是大大咧咧地打开了，那个秃头男人披着睡袍走出来。

正要无视蹲坐在走廊上的他扬长而去时，却突然改变了主意，在他面前停下脚步。

"夫人在等你哦。"那男人说，"先去看看吧，她可能在哭呢。"

　　室内拖鞋发出的"啪唧啪唧"的脚步声在走廊上回响，那个男人离开了。

　　他站起来——因膝盖无力，站起来不容易——扶墙支撑着身体向门口走去。

　　她在哭吗？怎么可能！是在笑我吧？笑这个妻子被霸占了却连一句怨言都说不出来的丈夫。

　　喏，是这样吧？

　　不敢推开门。甚至觉得妻子会若无其事地来上一句"欢迎回来"。

　　你在哭？怎么会哭呢？与其现在哭，不如一开始就不那么做。难道不是这样吗？

　　期待答案只是徒劳，毕竟不知道该问谁。

　　推开了门。

　　万幸！再晚一点儿就来不及了吧？

　　走廊上的灯光照进来，隔开浴室的窗帘挂钩上浮现一具摇摇晃晃的躯体，那是用睡袍上的带子上吊的妻子。

　　"有贵子！"他喊着，"有贵子！"跑过去，把翻倒在地的椅子扶正，站到上面拼命托住妻子的身体。绑在钩子上的绳子很难单手解开，他把妻子的身体抱得更高，想把绳子从钩子上取出来。

差一点儿……还差一点儿……

取出来了！刚这么想着，他就失去了平衡，抱着妻子连同椅子倒下去，头狠狠地撞在了地板上。

眼冒金星。疼得连声音都发不出来。

气喘吁吁地挣扎着起身。

"好痛……"

有贵子呻吟着。

"有贵子！还活着吗？"

他说着，站起身来。

"头……好痛……"

有贵子好像摔在地上时撞到了额头，额上浮现一圈红印子，眼看着像日本年糕一样肿起来。

"有贵子……"

"好痛……"

有贵子哭了。

"还活着……还活着啊。"

他抱紧妻子。

虽然头还疼，眼也晕，但他紧抱着妻子不放。

窗户悄无声息地开了。

太好了！

出去的时候就提前把锁打开了，想着无论如何应该不会有人再来确认，果然如此。

悄悄潜入，关上窗户，锁住……大功告成！

天就要亮了。快点儿钻进被窝里去吧。

信忍把鞋子提在手里，穿过客厅。虽然光线很暗，但走习惯了还是能辨清大致方向。

心里想着，晚上出去玩也不轻松——为了偷玩两三个小时后能顺利回家，可费了不少功夫，但这个年纪也正是觉得这么干很有趣的年纪。

啊，对了，差点忘了这个！

到了走廊上，厨房这边就看着稍微明亮些了。长明灯照亮了这栋房子的安保系统面板。

出门前就把这里的电源关掉了。否则窗户一开，家里的警报就会响，同时会自动联系安保公司，那样很快就会有人飞奔过来。

信忍打开安保系统面板的盖子，刚想按下主开关。

突然——从背后伸出一只大手捂住了信忍的嘴，与此同时把她紧紧地抱住，吓得她心脏好似停止了跳动。

"别出声！"一个声音在耳边低语，"明白吗？"

她只能点头。与其说是害怕，不如说是全然不知所措。

信忍被拉到了厨房的椅子旁，来不及反抗就被缚着双手绑在了椅子上。

"真是个问题少女啊。"说话的是个男人，"托你的福，警报关了，窗户开着，没有比这更轻松的工作了。"

不知这是个什么样的男人——他穿一身黑，头上严严实实地套了个只在眼部开洞、头巾般的东西。

"小……偷？"

她问了一个连自己都觉得无聊的问题。

"这可不能写在职业一栏里。"男人回应，"我决定今天只带现金回家。"

信忍心想，如果这副样子被留在这里，后果将不堪设想。

"等一下！喂，等一下！"对着正要转身离去的男人，信忍请求般地说道，"拜托你！你的事，我绝不会说出去，能把我的手……解开吗？"

"倒是不用替我保密。顺便告诉你我的名字吧。"身影消失了，笑声还挂在半空中，"你知道柴郡猫①吗？"

---

① 柴郡猫(Cheshire cat)是英国作家刘易斯·卡罗尔(Lewis Carroll, 1832–1898)创作的童话《爱丽丝漫游奇境》(*Alice's Adventure in Wonderland*)中的虚构角色。柴郡猫的形象是一只咧嘴笑的猫，来无影去无踪，往往在消失以后，笑容还挂在半空中。

"是《爱丽丝梦游仙境》里的猫？"

"对。人们都管我叫柴郡猫。警察来了就这么说吧。"

"求求你！我出去玩的事如果被发现就糟了！鞋子还掉在那边……求求你了！"

信忍压低声音恳求道。

男人只是微微一笑，很快消失了。

这可怎么办呀？

绑在手腕上的绳子能不能松动？信忍试着动了动绳子，但对方好像绑得很专业，这么短的时间内绑缚的绳子毫无松动的迹象。

不行啊……妈妈知道了会怎么说？

决定放弃挣扎后，信忍叹了口气，又被吓了一大跳。

那个小偷又回来了。

什么情况？我该怎么办？

看到男人手上那个发亮的东西，信忍脸色苍白——是刀！

我会被杀死吗？不要，不要！这么残酷的事不要……

男人迅速靠近，小刀在空中一划。下一瞬间，信忍的手腕自由了。

"谢谢！"

道谢的时候，她已经看不到小偷的身影了。

是现实吗？是出现幻觉或做了个梦吧？

信忍呆呆地站着，过了一会儿才回过神来，急忙拾起了自己的鞋子。

柴郡猫先生——好奇怪的人啊。

打开面板开关，信忍走出厨房，蹑手蹑脚地——像小偷一样——爬上楼梯往二楼走去。

但她总觉得柴郡猫好像在背后笑着目送自己上楼。

1　亚当和夏娃

"说是叫什么柴郡猫呢！真是个玩笑似的名字。是吧，福尔摩斯！"

片山义太郎问道。

"喵呜——"

福尔摩斯好似不怎么在意地回应了一声，继续睡午觉。

"她好像在说'反正三色猫更好'呢。"妹妹晴美边喝咖啡边说着，"难得今天石津先生没来啊。"

"可别这么说。毕竟那家伙属于'不经念叨'那类。"

对片山来说，"妹妹的男朋友"一直泡在自己家里可不太有趣。

说起来，虽然石津刑警那高大的身躯从头到脚涌动着"我爱晴美"这样强烈的感情，但晴美对此反应平淡。

虽然石津不是什么坏人……但晴美始终和男性保持着适当的社交距离。这其中也有考虑到哥哥义太郎是单身的缘故吧。

"这次是哪里被盗？"

晴美问道。

赶上今天轮休，一觉睡到午后的片山睡过头了，他一边打着哈欠一边说：

"听说雕塑被偷了。要是流到黑市上，值好几亿日元。"

"啊？怎么偷的？"

"好像是展会结束后，趁逐一整理作品的时候混了进去。真大胆啊。当然，应该不是多人作案。"

"哦？你怎么知道不是？"

"我们收到了传真。白纸上画着一只露齿微笑的猫……"

"我在迪士尼的动画片里看到过。"

"是一位叫坦尼尔的画家的作品。"

片山颇为得意地解释道。

晴美瞪大眼睛。

"哥哥怎么知道这种事？"

"我怎么不能知道！"片山气鼓鼓地说，"我有个喜欢画画的科长啊。"

"啊，是栗原先生啊。原来如此。他又在画什么？"

栗原是个与搜查一科科长的头衔不相称、性格温吞的老好人，爱画画，经常让周围的人烦恼"该怎么夸他才好"。

"他说这次要创作一部大作，干劲十足呢……喂，刚才还说'不经念叨'，是石津那家伙来了吧？"

走廊里传来脚步声。福尔摩斯抬起头。

晴美侧耳倾听了一下，说道：

"石津先生的脚步声好像更沉重一些。"

"可是……"

大门的门铃响了。

"你看吧……等一下！马上开门。"

"哥哥……"

"饭还没好呢，如果是空着肚子来的，就太不凑巧了。"
片山说着打开了门，"科长？"

同样应验了"不经念叨"，是栗原科长站在门外。

"我肚子不饿。"栗原说道，"能给点儿茶喝吗？"

"喵——"

福尔摩斯笑了。

"模特？我？"

晴美瞪大了眼睛。

"是的！一定要拜托你，只有你的形象才符合我的主题。"栗原非常热情地邀请，"怎么样？不过我只能支付跟兼职差不多的报酬，这一点你得理解我啊。"

"这倒没什么，反正我现在很闲。"

"那你就是答应帮我了！谢谢！"栗原眉开眼笑，"但我不是每天都作画，仅限节假日和周日。"

"可是……科长，您要画什么？"

片山问道。

"嗯，这个……是很常见的题材……是的，但也不是说因为被很多人画过了以至于如今再由我这样的人来画还能怎么样的那种……"

莫名其妙地不说清楚，总觉得很可疑。

"科长，请把话说清楚——画的主题是什么？"

"无非是男人和女人，所以我原本想让你一起当模特……但你太忙了，根本顾不上吧。"

"所以……"

"这是由画家野上益一郎选定的，据说他本人也在以这个主题进行创作，希望创作出具有独创性的特别之作。"

"所以主题是……"

栗原不知为何移开了视线，

"是……人类的原罪。"

"是现在的人类吗？"

"不是！是原罪，也就是亚当和夏娃被驱逐出乐园的罪。"

片山哑然，

"亚当和夏娃……"

"对，对，你一定见过那幅画，他们偷吃了禁果，被赶出伊甸园的那幅。"

"我知道。那么晴美是作为夏娃的模特吗？"

"应该不适合亚当的吧？"

"等一下，是被恶蛇教唆偷吃苹果后知道羞耻的……"

"嗯，你很了解嘛……"

片山双目圆睁，问道：

"那么……是要画晴美的裸体吗？"

"哥哥……"

"也不是，说是裸体，其实会遮上无花果的叶子。"

"无花果的叶子有和没有还不都一样！荒唐！晴美可不是职业模特，裸体绝对不行！"

片山一个人生闷气。

幸亏他早就察觉到科长特意跑到公寓来肯定不寻常。

"科长，如果我是夏娃，亚当是谁？"

"晴美！"

"哎呀，你问得好！刚才我也说了，本来想拜托片山帮忙，可他没有那么多时间，所以我想……"

走廊里响起了"咚咚"的脚步声。这次是熟悉的脚步声。

"片山先生！您好吗？"

说着，石津猛地推开门，看到栗原，吃惊地"啊"了一声，赶紧闭上嘴。

"栗原先生，亚当的模特……是石津先生吗？"

"正是这样！哎呀，小晴美真是善解人意啊！"

栗原擦了擦汗说道。

石津和晴美裸身当模特？片山只是这么一想，血液就冲上了头顶。

"别开玩笑了！要是这么做，我就把科长告上法庭！"

他挥拳说道。

"喵——"

福尔摩斯在一旁看得兴致盎然。

石津还什么都不知道呢，问道：

"片山先生，您是吃坏了什么东西吗？"

"啊，差不多吧。"晴美点点头说，"先进来歇会儿。他好像需要些时间。"

"老公！"有贵子心神不定，"快五点了……"

"不要动。"冢田说，"一动，影子的角度就会改变。"

他手中的画笔正在画布上轻盈地移动。

"可是……蔬菜店的人该来了。"

"说了让你别动！"是冢田严厉的声音，"头别动。有贵子，头歪了……是另一边！"

有贵子可怜兮兮地坐在沙发上。

无法保持镇定也是没办法的事，因为有贵子正赤裸着当丈夫的画模。

不止有贵子一个，她身旁还有个少女，虽然缺少成熟女人的丰满，但光洁的皮肤像被濡湿了一般，莹莹发光。少女坐在沙发的靠背上，白皙的手搭在有贵子的肩上。

"好……久美子，你能一直保持不动很好，说不定你将来会成为优秀的模特。"

冢田夸赞道。

"我会很贵哦！"

久美子回应道。

久美子现年十六岁，与母亲有贵子四十多岁的身体比起来，虽然毫无赘肉，但过分纤瘦，总让人觉得她会冷。

"喂，老公，稍微休息一下吧。"有贵子听到公寓隔壁有声音传过来，"是蔬菜店的人，快要来咱们家……"

"结束！"

"啊？"

"画完了！"

冢田长舒了一口气。

"那么，可以了？"

久美子蹦蹦跳跳地从沙发上下来。

"给我看看！"

说着跑了过来。

"久美子！不穿衣服会感冒的！"

有贵子慌忙嘱咐道。

"快看！妈妈，您的肚子突出来了。"

"别说傻话，这有什么可高兴的。"

有贵子不满地噘着嘴。话音刚落，大门处就传来敲门声。

"您好，我们是蔬菜店的！"

"啊……好的！请稍等！"有贵子慌慌张张地套上裙子，又把毛衣套上，喊道，"久美子，快进里屋去！"

"知——道——了！"

久美子一脸惬意，飞快地跑进里屋，关上了纸拉门。

"对不起，刚刚正巧在清洗东西……"有贵子打开门说道，"萝卜和胡萝卜，还有……卷心菜。"

"好的！"

和气的蔬菜店店员开着卡车来回跑，他们先上门取订单，再送货上门。

"承蒙长期关照，非常感谢！"

有贵子关上门，舒了口气。

"我都出汗了！"她问道，"画完了？"

"虽然其他部分还差一点儿，但你俩的部分已经画完了。辛苦了。"

冢田的表情终于松弛了些。

"没事。"有贵子取出收在沙发后面的内衣穿上，"肚子这么肥的夏娃可以吗？"

"我画的是'两个夏娃'。懵懂的夏娃和生下孩子后成为母性象征的夏娃。这样就行了。"

"不需要亚当？"

"我啊，太孱弱了，会画成'营养不良的亚当'的。"

冢田笑道。

的确，现实情况是，冢田已五十过半，衰老的阴影已然笼罩着他。从岁数来看，可以算是上年纪了。

作为画家，过着怀才不遇的生活，因此……虽然真心想着并不是为了赚钱才画的，但迫于现实，画卖不出去又很令人头疼。

"如果这幅画得到认可，我会很难为情。"有贵子苦笑，"一想到会被很多人看到……"

"若当真如此就太好了！"

冢田大方地回应着妻子，这份坦荡荡说出口的气度，他还是有的。

"不管怎么说，还是很感激久美子。"冢田低声说着，"十六岁，应该是最容易害羞的年龄吧……让一个不是亲生父亲的男人看到自己的身体……"

"那孩子没事。"有贵子摇了摇头，"她是个坚强的孩子，一旦接受了，就不会闷闷不乐地多想。相比之下，我就没出息多了。"

"是啊……那么，如果这幅画能拿到奖金，先给久美子买点儿什么吧？"

"就这么办。"

想到蔬菜店的人马上又要过来送货，有贵子急忙在镜子前检查衣着是否整齐。

这时，久美子从里屋出来了。

"今天我们美术老师也说到'亚当和夏娃'主题竞赛。"

"是吗？怎么说的？"

"老师也说在考虑要不要参赛，还问我们，你们能当模特儿吗？大家都说'不要'！"

久美子笑着说。

"那我们家有两个模特，真是太好了。"

"就是啊……需要我帮忙做饭吗？"

"不用。那个，你的作业怎么办？"

"我就说忙着孝顺父母啦。"久美子收拾好桌子，"爸爸，我会帮您想想获奖感言的，到时候文案费给您算便宜点儿呗。"

"那就拜托你啦。"

冢田笑着，小心翼翼地把画搬到房间一角。

有贵子则麻利地去准备晚饭。

晚上，有贵子有工作要做，是给某份杂志的目录和专栏画剪贴画，这是以前认识的编辑介绍的。

虽然谈不上稳定，却是不可或缺的副业。

前夫在久美子出生后不久就因车祸去世了。有贵子独自养育久美子，什么活儿都干过。

与冢田相识就是在帮他做绘本工作的时候。那时冢田虽然已经五十岁，但他诚实的性格吸引了有贵子。

"下一个结婚的对象会是毕加索。"

曾这么宣称的有贵子，在久美子的嘲笑中于五年前再婚了。

生活依然贫困，但有贵子的心很安稳。

"评审员是谁？"

久美子问道。

"有好几个。先进行预赛选拔，海选出几十份，再让杰出专家审看。"

"唔……走到那一步可不容易！"

"是啊，大部分是在那之前落选的。"冢田望着满是颜料的手，"大家都拼命地画。评审委员长是野上益一郎！"

"啊，那个人我认识。"久美子说道，"他还活着？"

"怎么说话呢！不过也六十七八岁了，身体可好呢……我去洗手。"

"嗯……妈妈，怎么了？"

久美子突然问道。

只见有贵子停下厨房的工作，呆呆地站在那里，好像没听到久美子的问话。

"妈妈？"

久美子走到她身边再次问道。

"啊？什么事？"有贵子回过神来，随即语速飞快地吩咐道，"久美子，帮我擦一下那个盘子。"

"嗯……"

好奇怪啊……久美子颇感狐疑。

妈妈的脸色刚刚突然变得苍白，到底是怎么了？

但久美子并没有追问。

有贵子准备完饭菜，恢复了往常的开朗。

"好了，明天我把那幅画送过去。"

冢田坐下来说道。

"那么今天就先预祝啦。"

久美子的话让冢田和有贵子都开怀大笑。

她放心了。什么事也没有。

是的，是她多虑了……

2 老友

室内专用电话响了，好子急忙去接。

"您好！"

她知道是丈夫打来的，因为地下画室里只有她丈夫。

"向井马上到。让他到这里来找我。"

呆板、冰冷的话音刚落，没等好子回话就挂断了。

"什么嘛……"

好子嘟嘟囔囔发着牢骚，把听筒放回去。

向井要来呀……好子不太喜欢那个画商。

那是个捉摸不透的男人，每当被他透过那带点儿颜色的眼镜片盯着的时候，好子就感到毛骨悚然。

但是不管怎么说，丈夫把与自己的画作有关的事务都拜托给了向井，说明那个人应该很有能力。对好子来说，只要能把野上益一郎的作品卖得贵一点儿就行了。

野上好子打量着宽敞的客厅。

四十五岁……说不上多么年轻，但和丈夫野上益一郎之间相差二十多岁。

　　结婚十五年了，是在信忍出生一年后结婚的……十五年吗？似乎过去了三十年，感觉自己已经人老珠黄。

　　丈夫虽然六十八岁了，却仍若无其事地和年轻女人外出旅行、夜宿。

　　她没等太久。

　　不到十分钟，向井就出现了。

　　"老师在家吗？"

　　他对好子连一句寒暄都没有。

　　热也好冷也好，什么多余的话都没说。

　　"他在画室等着您。"好子说道，"请进。"

　　"打扰了。"

　　这人看不出年纪，花白头发，梳着大背头，总是穿西装，打着蝴蝶领结。把包夹在腋下的模样，怎么看都像是个营销员。

　　"向井先生！"好子招呼，"您要喝点儿什么饮料？"

　　向井回过头，一脸不屑地看着她，说：

　　"不用。"

　　丢下这么一句，就下楼去了画室。

　　"真是瞧不起人！"

　　剩下好子独自一人的时候，她悻悻地埋怨了一句。

心烦。生气。

我可是野上的妻子。即便如此，向井却对自己毫无敬意。其他人——美术馆以及美术相关出版社的人每次来都会给好子带各种各样的伴手礼，临别还会跟她聊几句家常。

只有向井不把她放在眼里。

不，还有丈夫野上，他又是怎么看待好子的？

不管有没有客人，好子都不被允许进入地下画室。

野上偶尔也在客厅见客，但每当邀请客人去画室时都把好子排除在外。

向井是一定会被叫到画室的唯一的男客人。

"随你们的便吧！"

好子嘟囔着。

来自画室的电话铃响了。

"您好。老公吗？"

会有什么事？

"好子，得麻烦你去跑个腿儿。"

"什么？"

"你认识B出版社的小田吧？"

"认识。"

"你去他那里把一本美术书取回来。我已经联系好了，你去了就知道。"

"好。"

这事儿真奇怪。一般会叫对方来家里的。

"不用着急。"野上补充说，"晚饭我会出去吃。你也可以找个地方随便吃点儿，出去放松一下吧。"

好子呆住了，甚至怀疑自己听错了。

"好子，你在听吗？"

"在呢……我明白了。"

好子飞快地跑上二楼，急忙地换了衣服。

野上竟然会这么说！难道太阳打西边出来了？

不过没有理由拒绝。趁丈夫还没改变主意，好子仅用十分钟左右就收拾停当，急匆匆离开了家。

"啊，夫人。"

刚要出门，就在门口遇到了来她家长期做帮佣的加代。

"哎呀，加代小姐，我突然得出去一趟。先生正在画室和向井先生谈事情，别去打扰他们。好了，再见。"

"啊……"

加代目送高兴得快要吹起口哨的好子走出门。

在这里做帮佣十多年的加代三十五岁了，还是第一次看到夫人兴奋成这副样子。

"是因为天太热吗？"

可是明明都十月末了，应该不可能是这个原因。

加代满腹狐疑地进了门。

"就这？"片山问道，"这就是亚当和夏娃？"

他以为自己已经尽量克制着不让人觉得是在大惊小怪了，但这是不可能掩饰得住的。

然而栗原倒是更加坚定起来。

"我的画，只有懂它们的人才能理解。"说着，自我肯定般地默默点了点头。

"但是……看不出男人和女人有什么不同啊……是吧，福尔摩斯？

"喵——"

福尔摩斯一副不知该如何反应的迷茫样儿。至少片山是这么认为的。

会议室里的这幅画相当大。

"涂满颜料一定很辛苦吧？"

片山只说了这一句，就没话说了。

被召唤来的晴美等人一时间望画不语。

这确实是一幅有关男人和女人的画，但是被驱逐出伊甸园的亚当为什么穿着深蓝色西装还打着领带？为什么夏娃穿着工作服？对此，片山等人无法理解。

"我考虑过的。"栗原说，"原本也可以请模特裸体，但那样就太平常、太普通了。后来我突然灵光一现！心想，那就画一幅现代版亚当与夏娃吧。"

"啊……"

"意图很明显吧？'因裁员被解雇而离开公司的亚当和夏娃'，怎么样？你们不觉得这是在尖锐地影射现实吗？"

晴美闻言，露出笑容，

"真是个好主意！"说完又补了一句："一般人想不出来。"

"是吧！"栗原也露出松了口气的神情，"我就知道小晴美会懂的。"

"但是，如果是这样，'因为婚外情败露而被解雇的亚当和夏娃'岂不是更能讽喻现实？"

"嗯……是啊，那也不赖。"

说着，他居然认真地思考起来。

这时门开了。

"我来晚了！"石津走进来，"刚接了个电话……啊，是这个吗……"

晴美赶在石津说出奇怪的话之前抢先说道：

"据说这幅画是现代版亚当和夏娃。很特别，对吧？"

她刻意加重了语气。

"啊……所以穿着衣服？"

石津目不转睛地盯着画作，又说了一句：

"这两个人接下来是打算去练歌房吗？"

应该感到庆幸的是，栗原没有注意到这句话。

"科长，有您的电话！"

部下探头进来说道。

"啊，是谁打来的？不急的话，让他等一会儿。"

"嗯……说是野上益一郎……自称画家，不过我没在《JUMP》和《MAGAZINE》①上看到过这个名字。"

他似乎以为画家就是漫画家。

"等一下！你说是野上益一郎？"

"是。"

"是'亚当和夏娃'主题竞赛的评审委员长。接进来！"

"一定是录取通知吧？"

石津猜测道。

"画还没送出去呢。"

———————————

① 这两本都是日本知名的少年漫画杂志。

片山悄声对晴美嘟囔着。

"喂……是，您好！正是鄙人！"

片山和福尔摩斯再次看着这幅画出了神。

想到自己此前坚持拒绝让晴美当模特，他多少感到内疚。

"不过……任谁做模特儿都没什么不一样。"

他喃喃自语。福尔摩斯也闭上眼睛保持安静。

"那么，我这就派一个叫片山的部下去见您！"

片山听了栗原的话，惊讶地转过身。

栗原挂断电话说："赶巧了，片山，你带着这幅画去一趟S美术馆。"

"我……吗？"片山反问道，"不是……我感觉还是科长亲自送去比较好。画家亲自送去，这幅画也会很高兴的。"

"我很忙！"栗原拍了拍片山的肩膀，"野上先生知道我作画的事，说'一定要拜赏一下你的作品'。他说了'拜赏'哦！"

"啊……"

"另外，他说因为有要事相商，所以想请一位有能力的刑警过去。这差事非你莫属！"栗原紧紧揽住片山的肩膀，"请代我致上问候，记住了？"

片山想象着野上益一郎看到这幅画时会说些什么，不禁无言以对。

栗原走后，片山对晴美说："晴美，你也想见见吧？"又和蔼可亲地转向福尔摩斯，"福尔摩斯也想见见，对吧？"

晴美和福尔摩斯都假装没听见，转头望向另一边。

"我这就要走了。"

户并恭介说着，喝完了咖啡。

"这就要走？还不到一小时呢。"

樋口江利子不满地嘟起嘴。

"你要替我着想啊，老师对时间要求很严格。"

"老师最重要啊……好吧，没办法！"

江利子耸了耸肩。

"不过作为补偿……"

户并刚要说什么，却又语塞了。

"补偿？补偿什么？要给我买点儿什么吗？"江利子微笑着说，"算了，不要勉强自己。你的前途才是最重要的。"

说着，她把手覆在恋人的手上。

"对不起。"

"给我打电话哦，随时都可以。"

江利子叮嘱道。

"知道了，再见。"

户并拿起收据，站起身，快步走出餐厅。

江利子呆呆地望着空椅子。本来他说今天能整天在一起，自己还特意请了假，但是……

这不是户并的错。她知道。

作为野上益一郎的弟子，户并总是被老师随心所欲地牵着鼻子走，和江利子的约会也总是不顺利。

樋口江利子是二十八岁的白领女郎，和户并交往五年了。

两人在美术大学结缘，开始交往后，江利子放弃了画画，找了一份普通的工作。户并被偶然前来执教的野上益一郎看中，收为弟子。

江利子当时明显看出户并的欣喜若狂。

然而从那以后，户并无论怎么看都像是野上的仆人，打杂、跑腿……总之是使唤起来很方便的人。

虽说是徒弟，但好像并没有教他什么。

江利子很想对户并说"别再这样了"，但野上是画坛大人物，得罪他会怎么样？

江利子慢慢地喝着咖啡，思考着接下来的半天该如何消磨时间。

"我来晚了！"

户并听见自己的声音在美术馆宽敞的空间里回荡，感到胆战心惊。

"哦。"野上瞥了户并一眼，目光移回工人正在往墙上挂画的位置，语气尖锐地指挥着，"再高一点儿。"

户并站到野上身后，听他吩咐道：

"一会儿有客人要来，你去找个房间。"

"好。"

户并刚要离开，又听野上问道：

"没能说出口吧？"

户并垂下头。

野上笑了。

"算了。不着急。"

说话的同时，锐利的目光一刻没离开挂画工作现场。

光滑的秃头让野上显得年轻。

谁也不会相信他已经六十八岁了。尤其在看女人的时候，他的眼神非常生动。

户并看见有人从后门进来，出声问了句：

"什么事？"

"是野上益一郎先生叫我来的。"男人回答道，"你是户并吗？"

"啊？"户并有些吃惊，"片山！你是片山？"

"真令人惊讶啊！"

两人非常自然地握了握手。

"你就是客人？老师的客人？"

"你说的老师……是野上？"

"嗯。这也太……"

话没说完，户并注意到片山身后有一位女士，抱着个看起来包着一幅画的大包裹，还有一只三色猫跟着。

"你的同伴？"

"啊，另外……这是《被解雇的亚当和夏娃》。"

片山的这句话，让户并摸不着头脑。

3 秘密

桌上放着一张传真。

没有文字，只有一张露齿坏笑图。

"这是发到您家的传真机上的？"片山问道，"是什么时候的事？"

"大概三天前。"野上益一郎一边慢慢地喝红茶一边说道，"大概是……我当时因为工作去了国外。回来一看，传真已堆成山……不过这是很正常的，所以没在意也没去管。过了整整一天，我去处理传真，看到里面有这个……不知是什么时候发来的。"

片山看了看传真件一角，印了发送地址的字迹快消失了。

"好像是从便利店之类的地方发送的。"片山说道，"这类东西最近经常出现在受害者家里。"

"大概是那个叫柴郡猫的家伙。这么一想真让人担心。"

"原来如此。"片山望着那张像是在嘲弄别人的画问道，"只有这一张吗？"

"是的，我很疑惑这到底是怎么回事。因为曾听画家朋友提起搜查一科的科长先生也在作画，所以这次突然想起来，就试着和他联系了。"

虽然他是画坛大人物，很有威严，但是对片山他们始终彬彬有礼。不过，谈话过程中，偶尔有人过来打招呼时，他来一句"你不知道我正在陪客人吗？"，加上冷冷一瞥，就令对方脸色苍白，迅速退了下去。

可见他是相当令人畏惧的存在。

"除此之外，还有什么具体的令人担心的事情吗？"片山问道，"我的意思是……虽然目前这样已经有足够的报警理由，但有没有诸如在自家附近看到可疑男子之类的？"

"至少我没有。我也没有告诉妻子和女儿关于传真的事，不想让她们担心。"

"这么说……"

片山还没说完，就听到有人说：

"老师……"

是野上的弟子户并来了，他打了个招呼。

"喂，你别来打扰！"野上目光锐利地看向徒弟那边，语气变了，"是你啊……"

一个穿亮色运动茄克的女孩站在户并身后。

"那么，我们走了？"少女故意问道，"您可不能欺负户并先生哦。"

"没人欺负他。"野上苦笑着，"片山先生，这是我的女儿信忍。来打个招呼，这是警视厅的刑警先生。"

"哇，是真的刑警？不是两小时电视剧里的……"

野上信忍双眼放光。

"太失礼了！有什么事？到这来干什么？"

"我想知道收到了多少'亚当和夏娃'参赛画作。人家很感兴趣！"

"真是个怪胎！"野上说道，"让户并也一起看看吧。从预赛阶段选拔出来的都放在那里了。"

"可以吗？太棒了！"

信忍高兴地说着，但当她的目光不经意落到桌面上的传真时，笑容瞬间消失了。

"怎么了？"片山问她，"你知道这幅图？"

"嗯，毕竟是柴郡猫的标志，已经在媒体中引起轰动。"

"我们家没问题，有这么多安保设施！"

"是啊……没什么可怕的。要是谁潜进来，真想见见。"信忍笑着说，"您是片山先生，对吧？您会来我们家参与安全警戒吗？"

"不会，我是搜查一科的，专门负责谋杀案。"

片山回答道。

"呀，太帅了！"信忍一遇到不寻常的事就会情绪激动，"可是没准什么时候我们家也会发生杀人案哦。"

"信忍！户并，赶紧带她去看画。净在这里胡说八道。"

"好的。小姐，我们走吧。"

"嗯。与户并先生一起去的话，我乐意之至！哦，对了，忘了件重要的事。请给我零花钱！"

信忍一伸手，野上就拿出钱包递给她，说道：

"想要多少拿多少！"

"那我就不客气了……"

片山看着这个高中女孩抽出好几张万元大钞塞进自己的兜里，惊讶得目瞪口呆。

"好了，走吧！"

信忍催促户并，很快离开了。

"太没礼貌了！"野上叹息，"我女儿刚才提到的'亚当和夏娃'竞赛，最终选拔会在我家的画室里进行。当然，所有的候选作品都要运去画室。无论哪幅画入选，都将价值不菲。"

"那么，您是说柴郡猫就是冲这个来的？"

"特意把传真发到我家，想来是有这种可能。"

"虽然我知道……"

"您看这样行不行，"野上说，"将贵科长的画作为特邀作品在画室中公开展示。请作者过来，也请您光临，可以吗？"

片山觉得这样的条件，栗原不可能拒绝。但是……他有一种不详的预感。

希望不会出什么事。

但就像刚才那个姑娘说的，"我们家也会发生杀人案"。

片山有同样的感觉。

"我回去转告科长。"

片山答允道。

此时，晴美正拿着栗原的画向会场走去。

"请多关照……如果可以，希望您的妹妹和那只漂亮的小猫也能赏光！"

野上笑着说。

"说起来，你还没拿给他们看呢？"

户并正在美术馆的走廊上走着，听信忍这么一说，吓了一跳，连忙确认周围没有其他人。

"假如被谁听到了，不是也很好嘛……"

"那是因为你是老师的女儿。可我还是觉得你做了一件很糟糕的事。"

"怎么会？既然完成了，就展示给大家看看。那幅画真的非常好，虽然我这么说起不了什么作用。"

"我知道，不……谢谢你，信忍！"户并停下脚步，靠在墙上，"你这么说，我很高兴。其实，再这样下去，我会逐渐对自己的才华失去自信。"

说着，他抬头看了看挑高的天花板。

"别让爸爸把你毁了！"信忍说道，"爸爸把你使唤得太过分了，你偶尔也要反抗一下。"

"话虽这么说……"户并虚弱地笑了笑，"不管怎么说，老师看到那幅画肯定会生气，会当场把我赶出去。"

"不试试怎么知道！"

"嗯……"

"是我提出要当模特的！如果爸爸生气，我会好好跟他说的。我说呀，你就是要让他们看看，你画得很好！"

不管怎么看都无法想象这是一个十六岁女孩在鼓励一个比她年长一倍的男人。这都是因为户并过了太久仆人般的生活，完全失去了自信。

"好了，走吧。片山的妹妹他们也来了。"

户并催促道。

"那位刑警先生？看起来很亲切。"

"他是我学生时代的朋友。"

"啊！你们是偶遇？"

"当然。还有……他家的三色猫是一只很特别的猫。"

"猫？那只猫也来了？哇，好想见识一下！"

信忍高兴地跳了起来。

户并和信忍向会场走去。他们身后，晴美和福尔摩斯两位突然出现了。

"被他们这样评价，真不好意思露面啊。"

"喵——"

"不过……真是个坚强的孩子，那个女孩。"晴美很佩服，"那就是野上画家的女儿吧！"

晴美刚才听到了两人的谈话。

听谈话内容，野上的女儿对户并表示同情并当了他的模特儿，主题也是"亚当和夏娃"。

户并大概画了信忍的裸体，担心信忍的父亲会因此生气。

在绘画方面，画人体素描是很正常的。但如果画的并非职业模特，而是高中生，野上确实会生气吧。

"好了，我们走。"

晴美催促福尔摩斯。

选拔会场相当宽敞，五六十幅画一字排开。

石津震惊地看着眼前这一幕。

"石津先生！"

"啊，晴美小姐！"石津擦了擦汗，"好热。"

"是吗？我还觉得有点儿冷呢！"

"但是被这么多女性包围着……"

简而言之，他是害羞了。晴美拼命忍住不笑出来。

"啊，已经到了？"户并走了过来，"因为没看到你们，我刚刚还在找呢！"

"对不起。我四处看了看，差点儿迷路。"

"啊，这位是野上老师的女儿信忍小姐。"

户并介绍了信忍。于是晴美和福尔摩斯装作初次见到她似的，打了个招呼。

"好漂亮的猫！"信忍蹲下身子，抚摸着福尔摩斯柔软的毛，"这种感觉，我画不出呢。"

"你也画画？"晴美问。

"只是模仿着涂涂画画。"她有些不好意思。

"这次是要从这么多作品中选出入围作品吗？"

"不，这次是从已经入围的作品中再选择。"户并解释说，"评委老师们全部看完后会打分，从中选出最后的几幅。"

"真是不得了……啊，哥哥来了！"

片山走过来。

"太壮观了……"他看着排成一排的作品，瞠目结舌。

"野上先生找你说了什么？"

片山把野上的话简要复述了一遍。

"哎呀，我们也被邀请了？太棒了！"

"届时请一定要来！"

信忍欢欣雀跃。

"可是……"

片山说到一半又犹豫了。

"怎么了？"

"不是……科长那边……"

"啊，栗原先生一定会欣然赴约！"

"这个我明白。这才是问题所在，你不觉得吗？"

"哦，也是。"

那幅《被解雇的亚当和夏娃》将与其他候选作品一起陈列出来。不管当事人有多么高兴，片山都不想参加那样的场合。

"现在，那幅画呢？"

片山问道。

"正好放下来了。"户并说着，只听"吱"的一声，用细链吊挂着的画降落下来。

"就是那幅。"片山说。

《被解雇的亚当和夏娃》堂堂正正地展示在聚光灯下。

"说不定柴郡猫会行行好把它偷走！"晴美小声说道。

"喵——"

福尔摩斯不赞同地扬声道。

"说的是啊……他才不会偷这幅画！"

说着，片山叹了口气。

4　通知

"可是……我已经答应了！"

女人这么一说，男人像是要说点儿什么似的张了张嘴。

但最终还是什么也没说。

即便如此，他的想法也已经十二分地表现在脸上。

"你看，没办法！"水上祥子说，"我对其他的兼职工作一无所知。"

"所以什么也……"

泽本要骨碌一下躺在地毯上。

"只要在派对期间弹奏就行了，是作为背景音乐。弹起来会很轻松的。"

"你……想做那种音乐？"

"不是那样啊，你懂的！"

祥子有点儿生气了。

"嗯……"泽本似乎有些后悔，"我懂。不过……就这么点儿事，十万日元？不奇怪吗？"

"上次弹的那首，大家都很喜欢呢！"

"即便如此……"

两人一时陷入了沉默。

祥子犹豫着开口:

"你实在不愿意,我就拒绝……"

"不,没必要。去吧。对于我们来说,十万日元是巨款。"

"是啊。"祥子松了口气,"忍耐一个小时!"

"不是不喜欢弹奏,"泽本说道,"你也明白吧?"

"你想得太多了!那个野上都六十七八岁了,真是的,不管怎么说……"

"他对你很感兴趣,这一点是肯定的!"

水上祥子二十六岁,毕业于音乐大学,现在是自由职业小提琴手。虽然有时会担任管弦乐队的临时演员,但要支付这间公寓的房租并不轻松。

泽本要和她相差两岁。泽本是钢琴专业的前辈,他们经常合作演奏。

然后很自然地坠入爱河,在这间公寓里同居了。但不管怎么说,两人都没有固定的工作。过着这种靠兼职维持生计的生活,双方都不可能说服老家的父母同意他们在一起,因此隐瞒了同居的事实。

"我去准备晚饭!"祥子起身,"今天的猪肉很便宜。"

　　泽本一抬眼，瞥见厨房里祥子的背影。

　　祥子是老么，从小清闲自在，不怎么担心将来，一直秉持"船到桥头自然直"的想法，得过且过。

　　泽本则比较神经质，爱操心。

　　祥子做兼职时什么都弹，而泽本作为钢琴家的自尊却妨碍着他。祥子很了解泽本的脾气，不想强迫他。

　　之所以发生争执，是有人想请他俩下周日去野上益一郎家为派对合奏背景音乐。

　　从前在企业聚会上合奏时，有一位客人走到近旁，一动不动地听祥子拉小提琴听得入迷了。派对结束后，主办方支付酬金时说："这是小费。"

　　在约定的酬金之外又递上三万日元，说是一位姓野上的客人走之前留给他们的。他们这才知道那个人是野上益一郎。

　　当时泽本生气地说：

　　"他刚才用奇怪的眼神看着你！"

　　如今，不知野上是从哪里查到的，竟然把电话打到这间公寓，发出了"请来我家派对上弹奏"的邀请。

　　祥子虽然知道泽本不乐意，但最近连兼职的活儿都没有了，这份一晚十万日元报酬的邀请，实在让人拒绝不了。

　　没错，在日本，真正认真学习音乐、想规规矩矩靠演奏生存的人是没有多少机遇的。倒也不是想成为什么超级明星、传奇钢琴家之类的大人物，但现实是连类似普通上班族的工资都拿不到。

这种境遇下，光是叹息无济于事。可祥子只要能和泽本在一起，不管做什么都很满足。

反而是泽本不安于现状，十分焦虑。这常常成为两人争吵的导火线。

"听说野上益一郎的一幅画价值数亿日元！"

泽本说。

"真了不起！"

"如果我们不做音乐去画画，说不定已经住进豪宅了。"

"不行不行，"祥子笑着说，"我的绘画水平和小学生差不多。想画个人却完全没办法画好头、身体和手脚的比例。"

"亏你自己的身材比例这么好！"

泽本站起来，从背后抱住站在厨房里的祥子。

"等一下……不行！会烫伤的。"祥子笑着甩开他，"那个，不好意思，但……你能去买一瓶葡萄酒吗？"

"好。那么，就让我来送你这份礼物！"

泽本兴高采烈地出去了。

祥子松了口气。他身上有孩子气的一面，只需一点儿小快乐，心情一下子就转变了。

祥子一面享受着和泽本在一起的生活，一面觉得这种日子可能不会长久。

真是的……这个纪子，每次都迟到！

放学回家的傍晚，野上信忍在和朋友约好的冷饮店里唠唠叨叨地发牢骚。

信忍虽有马虎不着调儿的时候，但从不会跟人约好了又迟到。每个人介意的重点不一样。

店里人满为患，几乎都是女孩。

每次和纪子约见面，信忍通常是为占座而苦恼的那个。总是让别人等的人是不会明白这种苦恼的。

"已经过了二十分钟……"

信忍叹气。

不知怎的，信忍的眼角余光瞥到一位男客人独自进店，在和自己背靠背的座位上坐下。男客人，还是一个人，很少见。

另外，他点单时竟然对女服务员说"要一份巧克力泡芙"！

真是个甜食爱好者啊。信忍认为，比起酒鬼，爱甜食的男性更好一些。

但就算是信忍，也不能保证自己成为大学生之后一定不会是酒鬼。

　　"到底什么时候来呢？"

　　她嘟囔着。

　　"信忍同学。"

　　这是……听错了吗？还是幻听？

　　"不要动！"

　　一个男声说道。

　　"诶？"

　　"不要回头。你回头看，我就直接离开。"

　　是那个坐在与自己背靠背椅子上的男人。他是谁？从他知道我名字这一点来看……

　　"知道我是谁吗？"

　　"不知道……"

　　"也是，毕竟以前只在暗处见过面。"

　　声音听起来很愉快。等一下！这个声音，难道……

　　对方或许察觉到了这一瞬间气氛的变化。

　　"想起来了？"

　　"那个……柴郡猫先生……对吧？"

　　"答对了！"男人很开心，"别回头，好吗？"

　　"嗯。"

与想回头的强烈诱惑作斗争也是一种快感。

"上次的事，谢谢你！"柴郡猫说，"虽然我只拿了现金，但多亏了你的沉默，使得东西被盗的事好像没人注意。"

"我家对这种事向来不太在意。"

"这是个好习惯！"小偷笑着说，"你没被训斥吧？"

"没有。"

"哦，对了，我有件事要请你帮忙。"

"什么事？"

"周日有'亚当和夏娃'竞赛，你知道吧？"

"嗯……听说要在我家的画室举办。"

"没错。请一定邀请我去参加！"

信忍感到困惑。

"邀请……不是我负责邀请呀。"

"我知道，你只要让我进入你家就行了。"

"怎么做呢？"

"选拔赛从傍晚六点开始。八点公布入选作品，然后派对就开始了。你在这期间没有什么特别的任务吧？"

"我觉得有趣，打算围观选拔过程。"

"好。八点公布入选作品后就会跟媒体联络，因而热闹起来。到时候，你一个人出去打开后门，估计不会被发现。"

"可是……"

再怎么样，信忍也不敢给小偷当帮手。

"互帮互助罢了。你也有秘密吧？"

信忍无言以对。她停顿了一会儿，说：

"你不会伤人吧？"

"如果你能巧妙地把我带进去，那么谁也不会受伤。"

"你要偷什么？"

"这是秘密。我会小心的，绝不给你添麻烦。"

信忍有些犹豫，但最终答应了。

"好吧。"她说，"不过，得让我看看你的脸。"

"不行。等结束了再说。"柴郡猫说，"另外，一旦你看到我的脸，我就会把你……"

"杀了吗？"

"怎么会呢，我不会这么浪费的。我会索要你的身体。"

信忍的脸颊一下子着了火似的发烫起来。

"你真没礼貌！我……"

就在这时，她看见朋友津田纪子走进店里。

"对不起！走到半路才发现忘了带东西……"

这借口和往常一样。

"纪子……"

"出什么事了？生气了？对不起！不过，今天真的是忘带东西了……"

这是在坦白她以前所说的都是借口了。

"纪子！我后面的座位上有个男人吗？"

"后面的座位？"纪子有些讶异，"没有啊。"

信忍转过身。

空椅子。桌子上摆着原本装了巧克力泡芙的空盘，不知道他是什么时候吃完的。

"咦，爸爸，您怎么坐在那儿？"

久美子问道。

"你别管了！"有贵子打断了久美子的话，"快坐下，趁着还没凉，快吃吧。"

"嗯……"

久美子狐疑着拉出一把椅子坐下，应答般地点了点头。

当然也没再出声。

"老公，你要再来一碗吗？"

没有马上听到回答。

"嗯？啊……好啊。"

"不要勉强哦！"

"不勉强，很好吃。再给我来一碗吧！"

冢田把饭碗递给了妻子。

久美子悄悄看向手表。

八点十五分。

对冢田家来说，这是一顿很晚的晚餐。母亲有贵子去杂志社处理紧急的插图工作，刚刚才匆匆赶回来准备晚饭。

冢田一整天都在家里翻阅美术杂志，看起来有些焦躁。久美子回家的时候，在这如此狭小的公寓里，他竟没注意到！

这也是理所当然的。今天是"亚当和夏娃"竞赛的选拔日，结果将在八点之后公布。

虽然不是最终决选，但这一次将缩小到只有五六个名额进入决赛，因此实际上，在这个阶段，绝大多数作品将被淘汰。

冢田以有贵子和久美子为模特所画的《两个夏娃》已经通过了第一次和第二次选拔，因此冢田心中有"万一……"的想法也是——不，谁这么想都是理所当然的。

八点已过。冢田不想看表，故意朝向不同于平时的方位坐在桌子旁。

久美子有些心痛。

冢田不是自己的亲生父亲，但正因为如此，久美子对于他好人品的认可才更公允。

虽然冢田工作认真，也很有才能，但他最不擅长社会交往和自我推销。

久美子希望冢田能赢得高光时刻。名声和金钱并不重要。她知道，得到别人的认可对父亲来说比什么都值得高兴。

她故意兴高采烈地说着学校里发生的事、朋友之间的事。即便如此，还是不由自主地看向时钟。

八点半……八点四十分。

"我吃饱了！"久美子放下筷子，"那个，我……好想喝杯咖啡啊。"

"好嘞！"冢田应道，"爸爸给你泡一杯美味的！"他笑了笑，"抱歉，让你们担心了！"接着又说道："我已经放弃了。罢了，人啊，就是很难看清现实！"

"老公……"

"在多达三百件作品中，不管怎么说，走到了位列二十件左右的这一步，我已经很满意了。"

冢田露出释然的笑容。

"还会有机会的……"久美子说道。

"没能让朋友们看到我突出来的肚子，太幸运了。"

有贵子的话引得久美子和冢田哈哈大笑。

"有咖啡豆吗？已经放了很长时间吧……好了，我出去买点儿新鲜的回来。"

冢田站起来。

"那么，老公，能帮忙把一万日元的钞票换开吗？"

"好，我知道了。"

有贵子从钱包里拿出一张万元钞票交给冢田，冢田抓了件薄夹克向门口走去。

久美子刚开始收拾桌子，电话就响了。

一瞬间，三个人都停止了动作。

"一定是你的朋友。"冢田说道，"接一下。"

"嗯！但是，爸爸，您先别走！"久美子跑到电话前。

"是，这里是冢田家。"久美子的脸颊渐渐泛起红晕，"请稍等……爸爸，电话！"

冢田脱下刚穿好的鞋回到屋里。

"让您久等了，我是冢田……啊，没有……是的……哦，这样啊……好的，我明白了。谢谢！"

冢田缓缓放下话筒，一声不吭地走到门口，回头说道：

"太好了！"他说，"入围了最后的五件候选作品！"

久美子激动地飞扑过去。

"太好了！"

"啊……周日是最终决选，在野上益一郎家的画室里举办。"冢田露出笑容，"多亏了你们。"

"老公，恭喜你！"有贵子说。

"嗯，好……就这样吧！"冢田说着说着害羞了，"行了，我去买咖啡豆了。"

目送着匆匆忙忙走出门的冢田，久美子说道：

"太好了！"

"是啊。"有贵子身上流露着克制的喜悦，"好了，开始收拾吧。"

门开了，冢田探出头来说：

"我刚才忘了说，决选那天，你们也在被邀请之列哦！"

"哎呀！那么穿什么去合适呢？"

"什么都可以。负责的人说，请画中的模特儿务必光临。"

"那么，我也被邀请了？"

久美子的眼睛放出光来。

"怎么会……这太奇怪了，还是再考虑一下吧！"

"去吧！爸爸的画没准会获奖呢！"

"可是……"有贵子犹豫了一下，"也是，那就去吧！"

"那天穿什么衣服，要好好想想哦。"

说完，冢田笑着关上门。

久美子在脑海中迅速搭配起了衣服。

有贵子却似乎在沉思着什么，一言不发地走向洗碗池。

5 背信

"怎么了？"

樋口江利子问道。

"什么？"

"我懂，毕竟交往了五年。"江利子笑了，"又不方便了吧？老师有差事，是这样吧？"

虽然江利子内心并不开心，但她知道，即使对户并发火也无济于事。

不管怎么说，户并是野上雇用的人，如果违抗，就会被解雇……不，不止如此，也许他还将因此失去作为画家的前途。

江利子不能原谅的是，野上是清楚地知道这一点才对户并颐指气使的。只不过，这话不能说出口。

"好吧，虽然是这样……"户并说道，"不过，不会花费太多时间。"

"是吗？那么需要我更改餐厅的预约时间吗？"

户并和樋口江利子正在市中心一家酒店的大堂休闲区约会，准备一会儿去这家酒店顶楼的餐厅吃饭。

"不用……那倒也没关系。"户并不由自主地移开了视线，"我想着，既然来了，在房间里预订客房服务怎么样？"

江利子有点儿吃惊："在房间里……"

"是这家酒店的……我刚刚开了间房。"

户并从兜里拿出房卡放在桌上。

江利子目瞪口呆。

"突然说要留宿……我不太方便呀。早知道这样，就事先拜托朋友给我作假证了。"

"对不起。总之，之前的安排……"

"嗯，没关系，我不是在跟你发牢骚。"江利子急忙解释道，"那……就坐末班车回家吧。可惜的是房费，要不你就住下吧？这样的酒店，估计不是说订就能订到的。"

老实说，这次被邀请，她还是很高兴的。自从户并为野上工作，他几乎没时间陪她。

"嗯……那就这么办吧。"户并好像松了一口气，"从现在开始……我想，一小时后就能到房间去找你。麻烦你点些吃的，等着我。"

"好。"江利子慢慢地喝着咖啡，"那么，要不你先走吧？快去把活儿干完再回来。"

"我会的。"户并答应着站起身，"把这里的账单也算到房间消费里。一会儿见。"

"等你哦！"

江利子目送户并急匆匆走出休息室。

她松了口气。如果要邀请人家，早点儿说多好。

被邀请留宿，虽说事出突然，可以理解，但女人还是需要作各种各样的准备啊。

但是……好吧！这是一次难得的机会，让经常爽约的户并弥补自己，就不要给他泼冷水了。

一小时后……现在去房间太早了吧。

江利子决定慢慢地喝完咖啡。

大师缓缓点头说道：

"不，这是一幅志向远大的作品！"

"哇噢……"

"我们这些专业人士虽然有技术，却会被传统所束缚。业余爱好者则能提出专业人士所没有的独特想法。这就对了！这才是业余爱好者的价值所在！"

野上益一郎说着，轻轻摇晃手中的玻璃杯。

"实在太感谢了，承蒙如此过誉……"

栗原无比感动，简直要跪在地毯上去亲吻野上的手。

"不，我是个诚实的男人。"野上继续说道，"说实话，这幅《被解雇的亚当和夏娃》在技术上确有不足，但是您看透现实的如炬目光弥补了这一点，有过之而无不及呀。"

"喵——"

福尔摩斯叫了一声。

酒店酒吧的某处。

除了野上和栗原，片山等人也在场。

野上这边的重要事务是周日的最终选拔。考虑到那张来自柴郡猫的传真的出现，他希望片山他们务必光临。

当然，吹捧高栗原的画作也是为了让片山他们出席活动。

但是在片山听来，野上的话总像是在说"虽然构思有趣，但作品其实很差劲"。

"那么，周日请各位务必莅临！"

"一定来！"

栗原爽快地答应了。

片山叹了口气。反正没有加班费，那就带上石津，至少让他把派对上的菜肴都吃光。

"老师！"一个声音叫道，"呀，片山也在。"是户并站在那儿打招呼。

"事情办好了？"野上问。

"是。结束了。"

"是吗？那么……周日的事，有什么需要提前准备的就去办吧。"野上站起身，"那么，抱歉了，我接下来还有其他安排，所以……"

向片山他们轻轻地点点头，走出了酒吧。

"户并，你怎么样？不一起走？"片山问道。

"嗯……那么，你们能来吗，周日？"

"一定来！"

答话的是晴美。

"能见证历史性的瞬间，是很幸运的事啊！"

栗原激动之余，说出了这般夸张的话。

"我会事先以传真发送邀请人员名单的。"户并说道，"真的会有一个叫柴郡猫的家伙出现吗？"

"当天有外人吗？"

"有媒体方面的人。当然，他们是不能进画室的。那里很少有人进出。"

"也就是说，大家都待在某个地方等着？"

"我也在想会让大家在哪里等。总之，应该有几家电视台和报社的人会来。"

"那个名单也有必要吧，"片山掏出记事本问道，"画室里只有评审员吗？"

"在公布之前是那样的。公布之后，会邀请入选作品的作者和模特儿进入。连模特儿都邀请，这才是老师的风格。"

户并说着笑了。

"在画室里开派对？画室有那么宽敞吗？"

"很宽敞，比公寓还宽敞，而且当天会收拾得很干净。"户并微笑着说，"好子女士也终于能进画室了。"

"好子女士？"

"是夫人，老师的第三任夫人。当然，他有很多女人。"

"那个女孩……叫信忍？是那孩子的母亲吗？"

"是的。结婚的时候，那个孩子好像已经出生了。详细情况我也不知道。"

互相告知了联络方式，片山他们离开了酒吧。

"那就拜托了！"户并点点头走开。

"糟了！"片山叹道。

"忘了什么？"

"嗯，忘了问他会不会准备吃的。"

对石津来说，这恐怕是最重要的问题。

"志向远大！哎呀……嗯，不错的评价！"栗原还沉浸在感动之中。

"喵——"

福尔摩斯叹息了一声。

客房服务结束后，江利子在收据上签了字。

"辛苦了。"她微笑着道谢。

怕送来得太早，等户并来了会冷掉，她等了一会儿。

正把流动服务车上的菜肴移到桌上时，听到了敲门声。

"来得还挺早！"

江利子兴奋地跑向门口。

"啪"的一下打开门。

"啊……您好！"

后退了一步。

站在门口的是野上益一郎。

"哎呀，好像菜肴也是刚刚送上来呢！"野上迅速走进来环视一圈，"好小的房间。真让人不自在啊！"

"那个……户并先生怎么了？"江利子问道，"我是和户并先生约好的。"

"哎哟，你没听他说吗？"

"什么事？"

"今晚由我来陪你。"

江利子目瞪口呆。

"什么？我拒绝！岂有此理！"

她狠狠地说道。

野上笑了。

"真是个刚毅的孩子。不过，这件事，户并答应了哦。"

"你胡说！"

"是吗？这是电话，你接听一下吧。"

江利子接过电话，

"江利子……"

"喂？你在哪里？野上老师来了，说你答应让我陪他……"

"是这样的。"

江利子的脸色一下子变苍白了。

"你说什么？"

"对不起。如果你能和老师共度一夜，我的画就一定会被展示出来。我本想告诉你的，可怎么也说不出口。"

江利子张口结舌。怎么会！怎么会……

突然从背后被抱住了。

"住手！放开我！"

野上立刻挂断电话。

"你的表现将决定户并能否作为画家被认可。"

说着，用力把江利子推倒在床上。

"这种事……他不会答应的！"

"听了刚才的电话，你还这么想？"

江利子知道这不是开玩笑。

他……出卖了我……

江利子失去了反抗的力气。

"这就对了！就是要老实点儿嘛！"

野上以完全不像六十八岁老人的气势逼近江利子。

"饭前做一下运动吧！"

压在江利子身上脱掉上衣。

灯灭了，室内一片漆黑。

6 救星

发生了什么，江利子不太清楚。

只知道房间里的灯灭了。然而，户并想让野上陪她这件事所带来的打击彻底击垮了江利子，她几乎失去了思考的能力。

她以为是野上关了灯。是啊，在黑暗中也许还能忍受。

但是……

"喂！怎么回事？"

野上焦躁地大声问。

然后，野上突然从江利子身上消失了。

"啊！不要！搞什么鬼！"野上的声音从黑暗中传来，还发出"啪啪"踢地板的声响。

江利子摸黑着站起来。

"唔……唔……"

听到奇怪的呻吟声，江利子吓了一跳。这是怎么了？

然后，从黑暗中传来一个男人的声音。

"才华和人品不成正比啊，大师！"

"谁？"

江利子问道。

"没关系，这个人已经不会干坏事了。"

"你是……"

"别担心。我不会杀了这位大师，只不过，偶尔需要给他一个小小的惩罚。"

"唔……"

"嗯，先让他叫一会儿，也许这样更有助于他消消食。"男人说，"哦，对了，机会难得，拍个纪念照吧！"

"咔嚓"一声，黑暗中突然闪过一道青白的光，很是刺眼。江利子不由得移开眼睛。

但即便只有一瞬间，也能清楚地看到野上浑身赤裸地被绳子捆住在地上打滚的丑态。

"野上先生，这张照片我会好好保管的。以后如果您再犯这个坏毛病，我会毫不留情地公开这张照片。"

江利子站起来，出声叫住他：

"是哪位？你是谁？"

"一个好像存在又好像不存在的男人。"他用有趣的腔调回答道，"我是柴郡猫。"

又补充说：

"野上先生，您要是想解开那根绳子，就要拜托这位小姐了。如果她转变心意，说不定会帮您解开呢。"

说完低声一笑，临走扔下一句话：

"周日那天再去拜访！"

刹那间，门开了，男人的身影在走廊的灯光下浮现，还来不及看清，他就走了出去并关上门。

柴郡猫……

江利子知道这个名字，但是柴郡猫为什么会帮自己？

她呆呆地站了一会儿。

"呜……呜……"

呻吟声让江利子猛然回过神来。

"等一下。"

说着要去开灯。

往门口走的时候不知踩了什么东西一下，传来"嗷——"的一声。

"啊，对不起。踩到了吗？毕竟太黑了，什么都看不见。"

仔细想想，刚才自己差点儿遭遇了可怕的事。

现在才恍然而愤怒的江利子用脚摸索着踹了踹野上，痛得野上一阵大呼小叫。

"啊，对不起。我什么都看不见……到底往哪边走呢？啊，又踢到了！"

"嗷——"

呻吟声更凄惨了。

差不多可以了。

江利子开了灯。在明亮的灯光下，野上的裸体是那么不堪入目。

"呜……"

满脸通红的野上拼命地挣扎。

"请不要乱动。现在，我帮您解开。"

江利子弯下腰正想帮他解开手腕上的绳子，却突然想起一件事。

她说道：

"对了，老师啊，我给您解开这根绳子，作为回报，请您在周日正式比赛时把户并先生的画展示出来哟。"

野上忽地瞪大眼睛。

"他对我做了这么过分的事儿，我很生气。不过这是我和户并先生之间的问题。老师您那样使唤他是不对的。"

野上好像还想反驳，但当下的窘境让他什么也说不出来。江利子帮他弄松了堵嘴的绳子时，他喊道：

"快帮我解开！"

"安静点儿！人来了怎么办？你这样子能被人看到吗？"

"知道了！快帮我解开！"

"那么，户并先生的画……"

"那家伙到底画了什么？"

"画了亚当和夏娃。"

"你说什么？"

"听说已经画好了，虽然我还没见过。请把那幅画介绍给媒体！"

"这种事怎么……"

野上刚想说什么就打了个大大的喷嚏。

"哎呀呀，好像是感冒了呢！"

"知道了……总之，我会看看的。"

"只是看看可不行，您得拿给其他评审员和媒体看看。"

野上涨红了脸，瞪着江利子。江利子站起身说道：

"那么，我先走一步了！"

"等一下！喂，你不能置我于不顾啊！"

"您答应吗？"

"好吧！"他点点头，"我保证。"

"这不就行了！那我就……"

江利子心情舒畅了，给野上解开绳子。

"真是个很灵巧的人啊，那个柴郡猫，在这么暗的环境下，竟然能这样把人捆起来。"

虽然手脚自由了，但野上还是手脚麻痹，不能马上动弹，

"拜托……衣服……给我穿上衣服。"他喘着粗气说道。

"您慢慢来。"

江利子无视野上的要求，点头为礼，快步走出了房间。

他在那里。

江利子走进酒店大厅时，发现户并正心神不宁地坐在沙发上。

就知道他一定在附近。

答应了把恋人交给老师，一定会懊恼不已。

江利子毫无顾忌地径直走过去。户并注意到了她，从沙发上站起来。

"你……"

他一定是意识她出来得太早了。

"户并先生！"

"什么？"

江利子握紧拳头，用力向户并的下巴打去。"砰"的一声，切实的手感过后，户并重重地翻倒在大理石地板上。

一旁等待入住的美国团客看得目瞪口呆。

"好了，站起来！"江利子伸出手，"我和野上什么都没有发生。"

"你……"

"有人帮了我。但你这个人真的很差劲！"

"对不起……"户并勉强站起来，低着头，"不管你说什么……就算被你杀了，我也没什么可抱怨的。此时此刻，我很后悔！"

"与其后悔，不如一开始就别做！"

"嗯……"户并可怜巴巴地看着江利子，"可是……什么事都没有发生，太好了！"

他长舒了口气。

"野上可能感冒了，也许你去买些药来比较好。"说完，江利子扬长而去。

"等一下！"户并追了上去，"原谅我！我再也不会做这种事了。不管老师承不承认我，那都无所谓了！"

"你还敢再犯一次吗？"江利子瞪了他一眼，"不过呢，他一定会看看你的《亚当和夏娃》。"

"什么？"

"我这会儿还在生气。下次打电话说吧。"

"可以吗？不绝交吗？"

江利子突然把户并抱住，狠狠地吻了他的嘴唇。

然后马上离身。

"再见了！"

走了。

户并一脸茫然地目送着江利子。

围观的美国游客们感慨道，日本女人很强悍啊……

"夫人！"

听到来帮工的加代的呼唤，好子突然回过神来。

刚刚发呆了，或者不如说是有点儿心烦意乱。

"怎么了？"

"那个……今晚有事。我现在可以下班回去吗？"

"哎呀，这样啊。那你得提前告诉我啊。"

"我今天来的时候跟您报备过了。"

"是吗？我当时说了什么？"

"您说可以。"

是嘛。好子记不清楚了。

"夜宵已经准备好，覆上保鲜膜放进冰箱里了。吃的时候请用微波炉加热一下。"

"啊，对了，信忍说今夜要很晚才回来，我丈夫也是？"

"先生确实……"

"我知道了。好吧，算了！"

"对不起！"

加代毫无破绽地低头行了个礼，告退离开。其实她根本没有事先报备，但她知道好子健忘。

好子打了个哈欠。

有钱人的生活这么无聊吗？不，只有我家是这样的，肯定是。我真不走运，是个不幸的女人……

没办法，这是把自己跟刚才看的两小时电视剧里的女主角的形象重合了。虽然都是白天的旧节目重播，但不知为什么，同一位女演员总是扮演着完全重复的角色。

大门的门铃响了……是信忍吗？

接通对讲机，小小的画面上出现了一张令人意外的脸。

"啊，向井先生……我丈夫还没回来呢！"

"我知道。"

画商一如既往毫不客气地说道。

"为了周日的活动，老师让我来把画室提前布置好。"

"哦，这样啊。请进！"

好子按下按钮，打开大门。

向井进来了。

"不用在意我。老师很快就回来了。"说着,他脱下外套放在沙发上,"我会一直待在画室里。"

"好。"好子觉得生气无用,"不用为您准备茶吧?"

正要走向画室的向井停下脚步。他转过身来,说出了一句令人惊讶的话:

"我因为太忙了,所以还没吃晚饭。能给我一碗茶泡饭吗?"

即使盛夏降雪,好子可能都不会如此惊讶。

"当然!那个……其实饭菜用微波炉加热一下就行!如果您能等上十分钟……"

"那真是太感谢了!"向井微笑着道谢。

好子心想,这个人也会笑啊。

"好吧,请在这里等一下!"

总之,只要有事做,她就很高兴。

7　意外的发展

"哎呀，太好吃了！"向井轻轻敲了敲饭厅的桌子，"味道真棒！老师为什么每晚都不在府上吃饭呢？"

"您这么说……"好子羞红了脸颊，"请用茶！"

"谢谢，对不起，我没想到您是这么会过日子的夫人。"

好子有些不好意思。毕竟所有的菜都是帮佣加代做的。

但是好不容易得到夸奖，没有必要特意否定。

"老师也是个罪人，让这么好的夫人感到寂寞。"

"哎呀，向井先生，您今天怎么了？喝醉了吗？"

向井笑了笑，说道：

"您把我看成一台行走的电子计算器了吧？"

"没有，怎么会……"

"不过，是真的。我尽量不和画家的家人有交情。无论什么样的天才，都有才华枯竭的一天。要告诉他们这一点是很痛苦的。特别是，一想到他们的家人，就更犹豫不决了。考虑到这一点，我不太会说多余的话。"

好子吃了一惊。她还以为向井这样的人都是只想着轻轻松松做生意。

"不过野上老师是例外。他是个了不起的人。"向井点点头继续说，"即使老了，才华也不会衰枯。很不错！"

"我不太明白。"

"这倒也正常。作为画家，他是很伟大的，但是作为一个人来说……"向井耸了耸肩，"就是个混球！"

好子一时间惊讶得目瞪口呆，随即笑了。

"好了，我该去画室了。还有工作要做。"

"辛苦了！"

好子说着开始收拾餐具。

"夫人，您能进来画室吗？"向井回头问道。

好子吓了一跳，说道：

"可是……我丈夫禁止我进去。"

"什么嘛，如果他知道了，怪在我头上就行了。夫人理应有权进入画室！"

好子的心怦怦直跳。

"可是……可以吗？"

"那么，我陪您一起进去吧。"

"嗯！"

好子脚步轻快，简直像是蹦蹦跳跳地跟着向井。

向井打开画室沉重的大门走进去。

"现在，把灯……"

向井按下某个按钮，灯光渐渐亮起，一个大得惊人的空间出现在眼前。

"怎么样？"向井问好子，

"太棒了！"

除了这一句，她再也说不出其他的话。

"为了摆放'亚当与夏娃'主题画作，特地腾出了一些地方，所以显得格外宽敞了。不过周日会来很多人，不得不再腾出一些空间。"

向井看着那些随意放置着的画作。

"其中几幅将价值几千万、几亿日元，真是不可思议的世界啊！"

"是啊……"

好子并不懂画，但是在这个与日常生活隔绝的空间里，看着那些排列着的画作，姑且不论其价格，已经让人觉得这里是一个不可思议的宇宙。

"感觉怎么样？"

被向井这么一问，不知什么时候已走到画室深处的好子说道："哎哟，竟然跑到这种地方来了。不得了，我丈夫要是回来……"

"没关系，他今夜应该会很晚才回来。"

向井的语气把好子拉回现实。

"因为女人？"

"是，但我不知道是哪个女人。"

"这个人真的是……可能也没办法吧，身为画家……"

"怎么说呢，夫人的心情才是重要的。"

"谢谢！"

好子微笑着说。

没想到能得到向井的安慰。

"那幅画，真漂亮。"

她似乎想掩饰内心的不安，朝里面挂着的一幅画走去。

画的是少女——是谁呢？虽然和信忍有些相似，但确实是另一个人。

突然，向井从背后抱住好子。

这实在太出乎意料，她大吃一惊，还以为自己在做梦。

"向井先生……"

身体被紧紧抱住，嘴唇被堵住——没有感到心脏狂跳，什么都没有。

这……这种事……

真的吗？是现实吗？

在画室这个异次元空间里，好子在向井的臂弯中轻易地失去力气，被推倒在地板上。

"那个……"

"夫人……"

"真的吗？"

只问了这一句，好子顺势就范了。

这是真的……是真的啊！

好子抬起头，恍恍惚惚地望着画室的天花板。

"怎么样？"

冢田有些不安地问道。

"正合适！"

久美子回答道。

"是吗？不奇怪吗？好像企鹅！"

有贵子闻言笑了。

"你怎么能这么说自己？"

"可是啊……"

"毕竟现在是在这种地方嘛，去了会场就没事了，会很像那么回事的。"

久美子在一边不停地为爸爸加油打气。

"好，那就穿这件去吧！"冢田妥协了，"如果是我的作品，绝对会开除这种模特！"

冢田穿的是无尾晚礼服。当然，这是他有生以来第一次这么穿，向别人借了衣服。

"好了，老公，你把它脱下来吧。要是在周日之前弄脏了可不得了。"

"唔……这条带子……太紧了。"

"内附腰带。正因为有这个，才能收紧啊。"久美子说道，"我穿上礼服会是什么样子呢？"

"我说，老公啊……"有贵子犹豫着，"我俩还是别去了，虽说是邀请了我俩，但对方可能只是客气一下而已……"

"啊？可是……"久美子不满地嘟着嘴，"可是我已经和朋友约好借礼服了啊！"

"真是个急性子！"

"不是挺好吗？"冢田说，"我不认为我的画会被选上。但不管怎么说，人生中可能再也没有这样的机会了。还请了久美子做模特呢。"

"就是嘛！"久美子点点头。

"那……老公，你和久美子一起去吧。我没有合适的衣服。"

"不！"

"什么呀，这么大声？"

"妈妈的礼服，我也拜托了那位朋友。"

"啊……可是，不知道合不合身嘛……"

"衣服的尺码也确定好了！"

"真是的，你总在这种事情上考虑得这么周全……"

有贵子露出了无奈的表情。

"这么说来，还是久美子赢了！"冢田笑了，"没必要这么死心眼儿，你说是吧，有贵子？"

有贵子像是投降了，叹了口气，点点头说：

"好吧。"

"太好了！"

久美子跳起来。

"哎呀！你别起哄了！那么，周日几点去好呢？"

"听说评审八点结束，所以七点左右去吧。还是早一点儿到比较好。"

"那么，最好是五点半左右从家里出发。我白天要去一趟美容院。"

"对啊，对啊！"久美子很高兴，"妈妈也要隔三岔五去美容院嘛，因为还非常非常年轻呢！"

"你干吗拿大人开玩笑！"

有贵子苦笑。

"如果我和妈妈的裸体刊登在报纸上，那就太棒了！"

"我应该早点儿减减肥的。"有贵子感叹。

"我回来了。"

信忍走进客厅时不禁困惑了。

"哎呀……欢迎回家。"母亲好子站起身，"门铃刚才响了吗？"

"我自己开门进来的。晚上好！"

她跟向井打了个招呼。

"晚上好！"

"你爸爸还没有回来呢。应该快了吧。"

"嗯……那我去洗个澡。"信忍说完刚要走开，"啊，他是不是回来了？"

门铃响了。

信忍迅速按下显示键，父亲和户并的身影一起出现在了屏幕上。

"爸爸回来啦！户并先生也一起啊！"

"哎呀，是吗？"

信忍不太想回房间了，索性待在那里。

很意外哦……

她刚刚听到母亲和向井相谈甚欢，嬉笑作乐。

妈妈明明讨厌向井先生，到底怎么了？

"回来啦！"好子走出来迎接野上，"户并先生，这幅画是……"

"啊，这是我画的。"

"哎呀，是吗？那一定要拜赏一下。"

"啊，不……不好意思！还不足以展示给大家看……"

说到一半，户并注意到信忍也在，就闭上了嘴。

"您好，老师！"向井站起身，"我正在考虑画室如何布置，感觉人数可以接受。"

"嗯。"野上神情严肃地应了一声，"户并！"

"啊……"

"也让向井看看，拿过来。"说着朝画室走去。

户并抱着打包了的画跟上。

"老公！"好子突然说，"我也想看看，在这里打开吧。"

"我也想看。"

信忍附和道。

户并看着信忍，有点儿不安地叹了口气。

“好吧。可以吧？”野上说道，“户并，在这里打开看看。”

“好。”

“我来帮你！”

信忍说着跑过去，解开绳子，掀开包装纸。

“这是《亚当和夏娃》。”

说着，户并把画竖起来，退到一侧扶着。

一时间，没有人开口说话。

少女位于画中央，亚当则以伸出的手指和影子指代。

似乎即将被带到未知世界的少女，那不安的神情如此清晰地浮现在黑暗的背景中。

“这可真令人吃惊！”

向井开口道。

“信忍！”好子哑然道，“这……”

“模特是我！”信忍说，“放学回家的路上，我去了户并先生那里几次。是我主动要求的，是我说要给他当模特的。”

“这……老公……”

“很棒吧？户并先生的才华被埋没这么久，我对此感到很遗憾，所以想帮他一把……”

“事先没征得您的允许，实在抱歉！”

户并低下头。

"没关系。你如果提前说，他们肯定会反对的。"

"但是……"

好子还没说完就被打断了。

"是一幅佳作！"向井说道，"老师，您怎么看？"

野上目不转睛地凝视着，仿佛要把画点燃似的看了很久。

"不错。"他突然嘟囔了一声，"户井，你真有时间呀！"

"趁信忍小姐来的时候把形象印在脑子里，半夜画的。"

"是嘛……"野上点点头，"画得很好。"

"老公……"

"信忍的手腕要画得再细一点儿。"他看了看又说："但是画得很好！"

户井的脸上泛起红晕。

"向井，他是我的弟子，自然不能入选。和栗原先生的画一起放进'非竞赛选品'吧。"

"不错啊！"向井也用专业眼光打量着，"我会给这幅画配一副好画框。"

"拜托你了！好子，给我弄点儿吃的！"

"好！"

好子慌慌张张地跑出去。

"把它放进画室。"

野上对户并说着，走出客厅。

"你们可真行！"

向井对信忍说。

"是啊！太好了，是吧，户并先生？"

"总觉得……头晕。"

户并无力地瘫坐在地上。信忍赶忙跑过去帮忙扶着这幅画，以免它倒下。

8　用意

"总觉得很奇怪。"

弹钢琴的男人说道。

"什么?"

水上祥子反问道。

"你看,你好像一直心不在焉。你没有听伴奏吧?像是在随便弹。"

"啊,对不起!"

祥子向他道歉。

"没关系。我只是有些担心,出什么事了?"

酒店的晚宴大厅里。

祥子每周在这里演奏两场。当然,泽本要绝不会做这样的兼职,所以大多数是这位中年爵士乐钢琴家为她伴奏。

总是演奏同样的曲子,几乎什么都不用想就能完成。而且毕竟是用餐时的背景音乐,不能自顾自地恣意表演。

弹三十分钟,休息十五分钟。如此重复三个回合,一晚的工作就结束了。

虽然提供餐食，但不是在主厅，而是在下面的咖啡休息室。不过对祥子来说，那里气氛更轻松，反而更好。

"一起吃吗？"

钢琴家问她。

"谢谢。不过我想一个人吃。"

"好。"

他知道祥子正和一位古典乐钢琴家同居，听祥子说过。

对祥子来说，他是个好搭档。

同一间休息室里，祥子在离钢琴家较远的角落里落座。

"咖喱饭和咖啡。"

她点了餐。

再贵一点儿的，就要自己出差价了。

祥子知道自己今晚没什么精神。

出来的时候和泽本要大吵一架，很是沮丧。

即使这样，明天也要去野上家的派对演奏。泽本会去吗？

她理解泽本的焦躁——后辈中同样弹钢琴的，要么参加比赛，要么举办独奏音乐会，他却……

他对自己的技艺很有自信，自尊心也很强。

祥子也想让泽本走向更大的世界。

但是现在的每一天，光是为了解决温饱就忙得不可开交。

"可以吗？"

听到有人这么问，她条件反射地回答道：

"哦，请便。"

虽然这么说，但在这样的酒店里拼桌是很少见的。

落座的是野上益一郎。

"太巧了！"

"是啊……"

"明天是你们来我家演奏吧？"野上问。

"是……请多多关照。"

祥子俯首行礼。

"今晚有什么派对吗？"

"没有，我在这里的餐厅拉琴，有十五分钟休息时间。"

"餐厅？是嘛，"野上点点头，"真不容易啊。"

"我没什么天赋，没关系的，不过弹钢琴的泽本先生……"

"是你男朋友？"

"啊，算……是，"祥子脸颊发红，"我们共同生活。"

"原来如此。"

"那个人能力很强。可是没有遇到很好的机会，真是很可怜的。"

咖喱饭来了，祥子开始用餐。与此同时，野上问道：

"没有人赞助？"

"如果有就不用这样了。"她耸了耸肩，"虽然这样也很幸福，可是他……这样的生活总不能持续五年、十年吧。"

"我来出钱。"

祥子愣了一下。

"钱？"

"为那个叫泽本的男人举办独奏音乐会提供资金，之后就看他本人的努力了。"

祥子不敢相信自己的耳朵。

"真的？如果是这样……"

"不过呢，我是画家，不知道这类事情具体该怎么处理。你来安排吧。"

"好！"她用力点头，"租借音乐厅的花销最大……确定了时间和地点，制作宣传用的传单和门票……我来做！"

"交给你了。音乐厅要选好的，排场不一样，来听的客人的层次也会不一样。"

"好！"

"那么，明天再商量细节吧？"

"拜托了。我会告诉泽本先生，明天带他一起向您道谢。"

"算了。我出钱的事，你最好别跟他说，不是吗？"

祥子无言以对。确实如野上所言。

"好了，别担心了。"野上说道，"我该走了。"

他站起来，又说："你陪我吃顿饭好吗？"

"那个……和我？"

"是啊，不带男朋友的那种。"他笑着说，"明晚见。"

"谢谢……"

祥子呆愣了一会儿。

"啊，来不及了。"

慌慌张张地吃咖喱饭。

独奏音乐会！对泽本来说，这是难得的机会。

但怎么才能说服他？毕竟很少有人愿意出这种钱。

得想个高明的借口（这么说很奇怪）。

如果泽本因此而出名……

"是的……一定会成功。"

祥子自言自语道。

这一夜，祥子的小提琴演奏得很有精神，把伴奏的钢琴家吓了一跳。

"什么案子都没有。"

片山叹息道。

"你在说什么呢？没有不是更好？"晴美无奈地说，"你说呢，石津先生？"

"案子可不管饭，明天的派对管饭，所以派对更好。"

石津的逻辑很清晰。

在片山他们的公寓里，无缘由地和往常一样，石津正和他们共进晚餐。

"福尔摩斯，吃吧，"晴美夹起盘子里的洋白菜卷，"哦，还烫着呢。"

"喵——"

猫舌怕烫，福尔摩斯走到盘子前，等它先放凉。

"可是，明天会发生什么事吗？"

"谁知道呢。"

"那只柴郡猫真的会来？"

"至少要作好他会来的准备。石津，你别吃得太多了！"

石津一脸茫然。

"一会儿还有什么更好吃的东西吗？"

"我是说明天！"

电话响了，晴美接过来。

"您好，是片山家……喂……啊？"

晴美向片山招手。

“什么事？”

“自称是柴郡猫！”

片山瞪大了眼睛。

“我是片山。”

“初次打招呼。”对面语气恭敬，“我是柴郡猫。”

“你好。”

“很期待明天呢。我们可能会在那里相见。”

“是啊。”

“听说您家有一只漂亮的三色猫。”

对方刚说完这句，福尔摩斯就大叫：

“喵——”

“果不其然，叫得真好听！”对方笑着说，“不过，我是不会输给你们的。”

“你打算去偷吗？”

“这毕竟是我的生计。那么，明天见。”

电话挂断了。

“这是真的吗？”

“是吧。即使知道我们要去也不奇怪，他大概认识出入野上家的人。”

“要怎么做？加强警务戒备……”

"那样的话，他可能就不会出现了。只能靠我们自己。"片山对终于吃上洋白菜卷的福尔摩斯说，"喂，拜托了！"

福尔摩斯没有回答，默默地吃起来。石津也是，他好像完全没听见刚才的电话，只顾着吃。

片山想，这两位也许意外地是一个路数的……

"好像是另一个地方！"

好子环视着画室。

"怎么样？"向井指着一字排开的候选作品，"我还考虑了摆放方式呢。"

"我很清楚你是个用心的人。"

好子亲吻着向井说道。

"很危险哦。你女儿在家吧？"

"不要紧，她不会进来的。"好子靠在向井的肩膀上，"可是，那孩子竟然也当了人体模特儿！果然是在一点儿一点儿地长大成人啊！"

"现在多大了？"

"十六岁。"

"十六岁……真是个不错的年纪。"

"你对那孩子下手了？"

"怎么可能！"

"谁知道呢。你跟我不也是怎么可能吗？"

"也是。"向井笑了，抱着好子问道，"我们能在外面约会吗？"

"好，当然能。"

"那么，下周六见。"

"要等到一周以后？"

"明天我会很忙。"

"没办法。"好子又亲了他一下，"我可没涂口红哦。"笑着快步走出去。

向井环视画室，

"这样就行了……吧。"

说完点点头，慢悠悠地走出画室。

昏暗的画室里，从画作后方悄悄走出一个人，是加代。

"有意思！"她喃喃道，"明天不容错过。好想拍下来。"

她像是在看电视连续剧。

好子对丈夫有这样那样的不满，加代知道。

但是没想到她会和向井……

户并画了信忍，他们之间什么事都没发生吗？

加代燃起强烈的好奇心，不停地琢磨着。

"我明天要睡眠不足了……"她自言自语道。

9 集合

还是……还是不能去……

这是冢田有贵子今天第五次下决心了。

一开始是早上起床的时候。可是看着边吃早饭边欢欣雀跃的丈夫和女儿，有贵子的决心动摇了……

接下来也是。有贵子的心一会儿向左，一会儿向右，始终摇摆不定。

现在又开始了。从美容院回家的路上，有贵子想着要不就说头痛之类的，留下看家，脑海里反复构思的都像是逃学的孩子才会找的借口。

有贵子并不害怕野上益一郎。曾经被他吸引，做了他的女人，这是事实，但那是因为有贵子当时太年轻了。

现在，和冢田在一起的生活，和久美子一起的三个人的生活，比什么都重要。无论野上对女性有多强的吸引力，她都有自信拒绝。

她担心的是，曾经和野上在一起的"过失"会被丈夫和久美子知悉。

话虽如此，但如果只有丈夫和久美子两个人去，不知野上会对他们说些什么。还是一起去，当场听听野上怎么说。

回到公寓附近时，遇到了同住一栋公寓的居民。

"您好！"

有贵子点头打招呼道。

"冢田太太！"

对方是一位经常抱怨楼内有颜料味道的家庭主妇，有贵子与她相处得不太融洽，但今天一见面就……

"好厉害！我就说您家先生一定不是一般人，真了不起！"

肩膀被"砰"地用力拍了一下，有贵子皱起眉头。

"那个……"

"加油！当然，我的加油鼓劲可能帮不上什么忙。"

"不是……"

那位主妇留下一阵爽朗的笑声走远了。有贵子不明缘由，狐疑着走回公寓。

她不由得停下脚步。

难怪公寓里的住户会大吃一惊。

在这栋就算想说句恭维话都说不出"气派"二字的公寓前方停着一辆专车，司机戴着白手套等候在旁边。

有贵子快步跑到自家门口。

"妈妈!"久美子像是要飞起来,"快点儿!作准备需要花时间的!"

"好了,来了!"有贵子赶紧进了家门,"久美子!"

"您的发型真漂亮。那个,帮我把后面的挂钩扣上吧。"久美子说着转过身,"妈妈?"

"对不起……我有点儿吃惊。实在太漂亮了!"

"我知道……"

说着,久美子"嘿嘿"笑了。

"你爸爸呢?"

她一边给女儿整理礼服一边问道。

"洗手间。从刚才开始已经去了四次,他很紧张呢!"

"当然了。"她笑着说,"喂,久美子……如果落选,不要让爸爸看到你失望的样子哦!"

"嗯,我知道!"久美子看着镜子,"还好。虽说是借的,但穿成这样已经很有风格了。"

"是啊。我觉得……能成为你爸爸画中的模特儿太好了。我为你爸爸感到骄傲。"有贵子感慨万千,"谢谢。"

用尽力气说出了这句话。

冢田从洗手间里出来了。

"哎呀,哎呀,总觉得今天凉飕飕的。"

这是在为自己去了好几次厕所而辩解。有贵子若无其事地接话道："是啊，外面天快黑了，感觉挺冷的。"她接受了冢田的解释，"老公，要不要在里面加一件保暖秋裤？"

"晚礼服里穿秋裤？别了，求求你们！"

久美子哀号般大声反对。

"这样穿就行了，又不用在室外等。"

穿着晚礼服的冢田，从外表就能看出他的身心(还有那张僵硬的脸)都紧绷着。

"外面停了一辆车。"

有贵子假装随意地提起。

"是啊，刚才公寓里的人还特意来通知我们。"久美子笑着说，"好像是司机向他们打听我们家，然后大家都跑过来围着司机问'有什么事'。就这样，都知道了。"

这时，有贵子下定决心：非去不可！

"那么，妈妈，快准备吧！"

久美子催促着。

"好！"

有贵子说着，脱下毛衣和裙子。

"有贵子！"冢田说，"今天接到了三个电话！"

"啊？"

"杂志封面画的邀请、连载小说插图的邀请……光是成为候选作品就了不得了！"

"哇……然后呢？"

"我让他们等我消息。"冢田望着妻子，"一想到我们这些年来过的穷日子就恨不能赶紧接下这些活儿，但我还是想根据评选的结果重新考虑自己想做什么。没跟你商量就作决定很抱歉。如果落选，也许再也不会有人来找我谈这些了。"

"老公，这不是很好嘛。这是你的画作，理应你说了算。"

"你这么为我着想……"

"我们都穷了这么多年，再穷一年或两年都一样！"

被久美子这么一打岔，有贵子忍不住笑了。

二十分钟后，有贵子打扮完毕。

"妈妈，您真漂亮。"

久美子稍稍退后一点儿看着，松了一口气。

"说什么呢！"

"是真的！是吧，爸爸？再次被迷住了吧？"

"我一直被你妈妈迷住。"冢田把无尾晚礼服从衣架上拿下来穿上，说："好了，走吧。"

打开大门，久美子、冢田相继走出来，有贵子最后锁门。

三个人走到外面，发现同公寓的住户竟然有将近十来位都站在那里了。

"冢田先生！加油！"

"绝对会拿下第一名！"

"干掉你的对手！"

天哪，大家到底以为我们是去做什么……

"谢谢大家！我们走了。"

不管怎么说，有贵子都打了个招呼，坐上专车。

久美子坐在副驾驶座上，刚关上车门，就听外面不知是谁带头喊道：

"万岁！万岁！"

大家齐声呐喊，三个人都出了一身冷汗。

专车缓缓开动了，大家才一起松了口气。

"真是服了！"

"不过他们都在为我们高兴呢！"

"但是……"

"得了第一名的话，不请大家都不好意思。"

久美子说出了非常现实的考虑。

"江利子小姐！"

突然被叫到名字，樋口江利子吓了一跳，抬起头来。

"哎呀，是野上老师的……"

"我的名字可不叫老师。我有自己的名字，叫信忍。"

她坐在江利子对面的座位上，点了单：

"给我来一杯可可，热的。"

"你为什么来这里？"

"户并先生拜托的。"

"好吧……"

"要不，今天就饶了他吧？这之后，正式比赛就要开始了，他真的准备得很辛苦。"信忍换了个话题，"叫什么信忍啊……到底是什么时代的人啊？江户？明治？大正？总之，会给人这样的感觉，对吧？"

江利子不由得笑了，说道：

"不过这是一个虽然老派但听起来很不错的名字。我倒是很喜欢哦。"

"如果你说喜欢我这个人，我倒是会很高兴。"

"你为什么要这么……"

"因为我们是情敌嘛！"

江利子闻言，吃惊地看着信忍。

"这……"

"可是，不行呢。我呢，才十六岁，户并先生三十二岁，正好大我一倍呢。我呀，把户并先生让给你了。"

"不敢当。"

"但是，作为回报，希望得到你的原谅！"

"原谅什么？"

"原谅我给他当模特儿。"

江利子吃了一惊，随即反应过来，说道：

"啊！你去给他当模特儿了？"

"对！今天会在正式比赛中特别展出。"

"我听说了。户并先生非常高兴，我也觉得太好了……但老师还真沉得住气呀。"

"我可不会对别人说三道四。"

江利子忍不住笑了，说道："确实如此！"

"不过户并先生作画的时候很在意……"

"我想也是。"

"我不是这个意思。我不是说他很在意我爸爸，而是说他在意江利子小姐。他说他连江利子小姐都没邀请过。他还说，如果要请模特儿，他应该先邀请江利子小姐。"

江利子在这位十六岁少女的身上看到了已然读懂女性心理、已然懂得恋爱的人的温柔，深受感动。

"他是这么说的，是吗？"江利子点头认可，"我想看看那幅画，一定要看！"

"就知道你会这么说，才来这里找你。一起去我家吧。"

"去你家？但今天有很多人……"

"正因为如此才没关系！喝完这个，一起去吧。如果是跟我一起，谁也不会阻拦。进去之后就装作好像是来厨房打下手的。美术栏目记者之类的也会来，大家都是脸熟而已。"

"哎呀，这太适合我了。做菜什么的，我很拿手哦！"

"就这么决定了！"

信忍"咕咚"喝了一口热可可，被烫得直翻白眼。

"到得有点儿早啊。"水上祥子抱着小提琴盒，看了看手表，"不过，只差二十分钟左右。会让我们进去吧。"

"啊，我也想去调试一下钢琴。"泽本要抬头看了看房子，"真了不起啊！"

祥子莫名有点儿害怕。厌恶今天这份工作的泽本居然老老实实地跟来了，而且看起来很开心。

这当然是一件值得庆幸的事，但他为什么突然改变主意？

"那么，我们进去吧。"

祥子走进敞开的大门。

野上益一郎说要支付泽本独奏会的费用这件事，她并没有告诉泽本。因此祥子担心在今天的演奏中，泽本会露出一副不高兴的样子。

"两位！"保安站在门口冲着他们喊道，"有何贵干？"

"我们要在派对上演奏。"

祥子回答道。

"你们俩都是？他不是没带乐器吗？"

"他是钢琴家，要用贵府的钢琴弹奏。"

祥子连忙解释道。

平时遇到对方摆出这种看不起人的态度时，泽本马上会生气。这次很可能也会一气之下打道回府。

"唔……这事儿……我没听谁说过。"

保安盯着他们。

"那你去里面问一下，我想马上就能知道了。"

这时，一辆似乎载着宾客的进口车开进来，保安的注意力转向那边，说道：

"好吧，算了。你们别从大门进，转到后面去，有一扇后门，从那儿进去。"

祥子脸色变得苍白……这下子完蛋了，泽本很可能会把保安痛打一顿。

然而……

"那么，我们走吧。后面是绕去哪边呢？不说清楚的话，不好找啊。"

泽本很爽快地提问。

祥子有些不知所措。

"是啊……好像先退回外面去找更快。不过……真粗鲁啊，刚才那个人！"

"跟那种家伙生气没用的。好了，走吧！"

到底怎么了？祥子扫了泽本一眼，心生不安。

这件事……总觉得很奇怪。

既安心，又不安。祥子难以平复心情，和泽本走出了大门，沿着高高的围墙走过去。

10　准备

“评审一结束就马上举行派对，把菜上齐。在公布结果的过程中就摆好桌子。明白了吗？”

加代干劲十足。平时都是她一个人打扫这间宽敞的房子，为不知何时回来的主人准备饭菜。

总是忙得头晕目眩。

但是今天……虽然是临时雇用，却雇了五个人，自己成了发号施令的。她目光炯炯地盯着所有人，一看见什么问题就出声警告。

也就是说，终于可以稍微享受一下作为雇主的心情了。

“好了，你们按照各自的分工，分头去准备吧！评审老师们快来了，把饮料端出去！至于媒体，就不用一个个询问他们要喝什么了，找个地方摆上些玻璃杯，让他们各取所需。要是发现分量少了，就立马续上！”

加代吩咐完毕，稍稍松了口气，又说：“我去客厅看看，这里就拜托你们了！”

说完，快步走出了厨房。

与平日不同的是，加代今天穿着西装。虽然略显朴素，但已极力捯饬得很洋气了。

偷偷瞄了一眼客厅，发现有两个性急的选手已经坐在沙发上聊天了。

"加代小姐，请给老师们上点儿饮料！"户并快步走过来，"还有三十多分钟呢，如果喝太多酒，评审前会醉的。"

"只上软饮料吗？"

"嗯……也许有人会发牢骚。"

"交给我吧。我会装傻说'是被这么吩咐的'！"

户并微微一笑。

"那就拜托了。等评审结果公布，怎么样都无所谓了。"

"我明白。"加代郑重其事地回完话，又问道："老师呢？"

"在地下室的画室里。"

"向井先生来了吗？"

"啊，大概在下面跟老师在一起。"

"夫人也在？"

"没有……说起来，好像没看到夫人在哪儿。她一定是在打扮上花了很多时间。反正派对开始前也没什么事要做。"

"是这样嘛……"

从加代的语气能感觉出她话里有话。

"为什么这么说？"

户并问道。

"没……没什么特别的意思……那么，我去准备饮料！"

加代鞠了一躬，快步走回厨房。户并疑惑地看着她走远。

"喵——"

脚边传来一声谨慎的猫叫，户并吓了一跳。

"你们到了？"

片山和福尔摩斯站在一起，说道："嗯。啊……这会儿石津正在屋外巡视，查看安保系统有没有被做手脚。"

"有劳了！你妹妹呢？"

"别担心，她可不会错过什么！"

片山示意户并朝眺望庭院的玻璃门处走去，低声道：

"昨晚，柴郡猫打来了电话。"

"往你那里打的？"

"嗯，还笑着说今天就能见面了。"

"真是个胆大妄为的家伙！"

"如果真是个稍微聪明点儿的嫌疑人，享受这种乐趣没什么奇怪的。总之是想偷画，但目标太大，所以想惹得加强警备，那会更加混乱，毕竟会有很多不认识的面孔。"

"嗯，我知道。说实话，我也觉得不需要保安，但外面总是人手不够。"

片山朝户并看了一眼，说道：

"这么说，实在有点儿对不住……"

"什么？"

"如果只是画被偷，倒也没什么。"

"你是说……"

"画还可以买回来，对不对？但我有一种不详的预感，怕是有人会丧命。"

户并惊讶得瞪大了眼睛。

"不会吧！"

"啊，这仅仅是我的直觉，要是直觉出错就太好了。但你的那位老师树敌太多，这是事实吧？"

"嗯，反正不能说树敌很少。"

户并苦笑着说道。

"虽然很任性，但很有才华。这样的人，人际关系往往会因为感情纠葛和金钱问题而变得复杂。"

"你很懂嘛！唉，像我这种人，一直以来都只是给人跑腿。终于，自己的画作今天得见天日了。"

"模特是那个叫信忍的孩子吧？"

户并闻言大吃一惊，问道：

"你怎么知道？"

"我是名侦探嘛！"

片山低声自夸。

"喵——"

福尔摩斯似乎觉得很好笑。

"呀，晴美来了！"

"我来晚了！"

"见到石津了？"

"嗯，在电线杆上。"

"电线杆？"

"正爬上去查电线呢，可千万别触电了。"

片山叹了口气。

"栗原先生呢？"

"说评审结束时会来，这是他一生中难得的高光时刻。"

"希望他最好不是穿着带家徽的衣服来的！"

"总比穿白色无尾晚礼服来好些吧。"

片山正说着，就听到一声清晰、洪亮的招呼：

"哎呀！欢迎！"

野上益一郎穿着夹克打着领带出现了。向井沉默地跟随在他身后。

跟前来当评委的评审员们三句两句打完招呼，野上向片山他们走来。

"今天那只猫会来吗？"

野上突然问片山。

"预告了要来。请多加小心！"

"是嘛……你带枪了吗？"

片山有点儿困惑。

"倒是带了一把。怎么了？"

"没有……我想问，如果他偷画，你会开枪吗？"

"这……要是在能瞄准脚部的距离，就可以开枪。"

"是啊，万一在画上射了个洞也不好，"野上稍微岔开话题，又说："不过，一定不要让他逃掉了。"

"好。"

"要去看看画室吗？"

"有劳了！"

"向井，你带路。户并，你留在这里等着老师们。"

"知道了。"

"我得去准备一下。"野上说完正要走开，忽然转过身，看着户并问道："看见好子了吗？"

"没有，我……"

"是嘛。没看见就算了。"

野上走出客厅。

一行人跟着向井向地下室的画室走去。

晴美一边向下走一边说道：

"总觉得情况有点儿古怪……"

"嗯，肯定是和柴郡猫之间……发生过什么事。"

"喵——"

福尔摩斯下楼梯时叫了一声。

"这会儿正在为选拔赛而进行布置。"

向井介绍道。

虽然有些昏暗，但每幅候选作品上都打了光。

五幅《亚当和夏娃》。

"没想到画得很好。"晴美说，"听我这么说，会觉得很奇怪吧？我原以为抽象画会更多一些呢。"

"如今写实派画作又被看重了。"向井说，"既然无论怎么努力，抽象画都无法超越毕加索，倒不如通过正统的描绘让更多的人能看懂……虽然画风、笔法多种多样。"

当然，片山他们不是为看画而来的。

"好宽敞啊！"

片山走到画室深处，回过头来感叹道。

"平时这里堆放着老师完成了一半的画和雕塑，今天收拾了一下，感觉更宽敞了。"

工作室是长方形的，但最里面是宽敞的圆形空间，那里现在摆着圆桌和时髦的椅子。

"评审会将在这里举行。还有三十分钟左右。"

"这扇门是……"

片山看着一扇小门问道。

"杂物间。里面有厕所，老师画画的时候经常闭门不出。"

片山打开门往里看了看。

一股好像香水的味道飘来。片山悄悄回头看去，晴美似乎也注意到了。

当然，福尔摩斯也在抽动着鼻子。

"进出画室的路径只有刚才下来的楼梯，"向井说，"会有很多人进进出出，但不管是柴郡猫还是机器猫，形迹可疑的家伙是不可能进来的。"

"但愿如此，"片山说道，"我们上楼去吧！"

片山作势想关上那扇小门，却在下个一瞬间猛然走进里面，打开厕所的门。

"啊……您好！"

藏在里面的是野上好子。

"您好！"

片山点点头，回头看着向井。

"向井先生，请小心啊！"

"啊……"

"连我们都注意到了，难道野上先生会注意不到吗？"随后片山催促晴美和福尔摩斯，"好了，我们走吧！"

说着，从画室向楼梯处走去。

"哎呀，这蛋糕不是很好吃嘛！"说着，加代拿了个一口就能吃下的小蛋糕放进嘴里品尝着，"是谁做的？"

"是我！"

回话的这位穿围裙的年轻女性是樋口江利子。

"味道真好啊！"

"谢谢。我喜欢做点心。"

"给今晚的客人吃太可惜了！"

听加代这么一说，大家都笑了。

"好了，还有半小时派对就开始了。加油！"

加代在管理方面很有自信。

"加代小姐！"户并探出头来喊道。

"怎么样了？"

"嗯。评审方面目前很顺利。大概会延后十分钟左右。"

"知道了。我会尽量在预定的时间内完成！"

"拜托了！"

"啊，户并先生，这个小蛋糕很好吃，来一个怎么样？"

"谢谢！"说着，户并麻利地往嘴里塞了一个，"嗯……这可真好吃！"

"好吃吧？是那个人做的！"

那个女人回头微微一笑。户并惊讶得说不出话来，但他没有发出任何声音，加代没有留意。

"那……那么请多多关照！"

户并终于回过神来，慌慌张张地走出厨房。

"好了，我去简单洗个手，"加代舒了口气，"顺便化一下妆。大家忙完也要好好洗手收拾哦。送餐时要是头发乱糟糟的，就太失礼了。"

"好……"

听了几个人参差不齐的回答，加代快步走出厨房。

"太奇怪了！"

一个人说道。

"怎么了？"

江利子问道。

"菜刀……"

"菜刀？"

"我在这里放了一把，真的，可是不知道哪儿去了。"

"会不会是谁收起来了？"

"不，我想这里没有别人碰过。可是……"那人歪着头思考，"到哪儿去了呢？是个小小的尖头……"

"再小也不会错夹在三明治里，没事的！"

有人这么一说，大家都笑了。

"是啊，没问题的！"

江利子却莫名地在意。

一把尖头的菜刀……

江利子看了看表，七点二十分。

现在，"亚当和夏娃"竞赛的评审工作可能正在如火如荼地进行。

11　选拔

有人发言。

有人评论。

换一个人发言。

讨论就像水龙头，只要没关，水就会一直流。

提出大量论据，得出唯一结论。当然，这是不可能的。

大多数情况下都是先下结论，再把说辞硬贴上去。

户并站在稍远处看着围坐在圆桌旁的老师们，思索着。

这类选拔不像解数学题那样有正确答案。五位评审员中，两位是评论家，其余三位是画家，其中一位画家是野上。

他们就五件作品进行讨论。也许在外面等待结果的人会以为里面正在进行关于艺术理论的高尚的论争。

但现实是，无论对哪幅画，无非只是：

"这个嘛，有点儿……"

只会这么发言的评论家。

"这不是很好吗？"

始终只会用同一种语气发言的画家。

仅剩十分钟左右时，大家才你一言我一语地零星提出像样的意见。在此之前，是长时间的沉默。

"我觉得C不行啊！"

一位评论家发言了。

"是吗？虽然技巧上确实有问题，但还是有一些能打动人心的东西……"

一位画家反驳道。

虽然明明刚才还在对C吹毛求疵，但仅仅因为不喜欢那个评论家，就要反对他的意见。

选拔中，经常会有这样微妙的弹性标准。

如果一位评审员过于热心地推崇，通常就会遭到其他人反对，被推崇的作品就会落选。所以评审员对真正喜欢的作品是不会坦白地进行褒扬的。

户并跟着野上在这样的场合见识过几次，才终于明白了这一点。

野上在大多数情况下保持沉默，但这并不是因为作为评审委员长不参与讨论，而是在等待大家把意见都摆出来。他只是在考虑如何操作才能得到自己想要的结果，又不会让其他人感到被无视。在这些方面，他是老手。

这一点，让人觉得他真是个可怕的家伙，但也会觉得他不愧是称霸画坛的巨匠。

"我觉得C也还可以吧……"

一位画家一边抱着双臂一边开口说道。圆桌上一下子陷入了沉默。

"来了!"户并觉得野上要采取行动了。

往往有那么一瞬间,大家突然对讨论感到了疲惫,陷入了沉默。这才是野上一直等待的出场时机。

大约十秒钟的沉默过后,野上甚至没有咳嗽一声清清嗓子就开口了:"下结论吧!"

大家都松了一口气……无所谓,快决定吧。每个人都是这么想的。

"总结一下。A在技巧上有很明显的模仿他人的痕迹。B虽然平衡性很好,但没有新意和冲击力。C这幅作品是引起了很大争议的,我想这至少说明它有被讨论的价值。D是没有什么要否定的地方,但反过来说,也没有值得被积极推荐的地方。E有些粗枝大叶,希望能再精益求精,况且画家还年轻。大概是这样吧?"

没有人反对。野上所说的话与刚才的意见一一对应。

但是,"没有冲击力,但平衡性好"和"平衡性很好,但没有冲击力"这两种说法产生的效果大不相同。

野上非常懂得这一心理效应。

"怎么样？首先要把A和E去掉吧！"

大家互相窥探脸色、表情，微微点头。这种举动还可以解释为："我不是点头同意，只是低头看了看手表。"

大家都达到了这种可以自我辩解的境界。

"您想喝点儿什么？"

听到一个声音招呼她，久美子突然睁开眼睛。

"谢谢……"

说着，拿了杯果汁。

客厅里是聚在一起的候选画家和模特儿。起初气氛十分热烈，画家们也在交谈，但随着时间推移，都渐渐少言寡语，连清嗓子的声音都听不到了。

久美子从客厅门口看着父亲紧挨着母亲坐在沙发上，母亲的手偶尔轻轻地碰一下父亲的胳膊。

憋闷。

拜托了！拜托了！请快点儿出结果啊。

希望父亲能入选！

久美子拼命地祈祷着。

她受不了屋里的沉闷，从客厅门口悄悄地溜到走廊。

宅邸如此宽敞，久美子他们家的公寓大概只有这里的大门过道那么大。

好厉害啊。

从大门那边传来一阵阵嘈杂的说话声，是媒体人在客厅附近等着结果公布。

不想去那里。总之，想去一个没人的地方。

顺着走廊往反方向走，出现了岔路。一边是厨房，有人进进出出；另一边有点儿昏暗，大概是储物间或储藏室之类的，看起来像那种地方。

"喵——"

久美子吓了一跳，往脚下一看，一只三色猫一动不动地仰视着她。

松了一口气，久美子蹲下身。

"你是从哪里来的？"她跟猫打招呼，"真漂亮啊……要是我家也宽敞得能养猫就好了……能摸摸你吗？"

不知道能不能摸它——有点儿害怕，但当她伸出手触摸那光滑的毛时，猫一动不动。

虽然觉得很可爱，但盯着它看一会儿就……感觉很神奇。

这么说可能有点儿奇怪，这只猫有一双大人的眼睛。它仰头看着久美子，好像在说"我什么都知道"。

不过……这是心理作用吧。

你只是一只猫，你不知道我现在多么迫切地为父亲祈祷。

"喵——"

猫突然朝走廊里看了一眼，叫了一声。

久美子感觉猫好像在说：

"你看！"

当然，这只是感觉而已。这种话，猫是不可能说的。

久美子朝猫所看的方向看了一眼，看到"自己"站在那里。

她不由自主地站起身。

昏暗的走廊上，忽然浮现在眼前的那个少女，白色礼服和久美子的相似，但款式并不同。

不是在照镜子，那女孩确实站在那里。是有实体的女孩。

可能……跟我年龄差不多大。

"你……是谁？"

久美子几乎是下意识地问了出来。

"我……是这家的女儿哦。"女孩慢慢地走了过来说，"野上信忍。"

"信忍？"

"写作代表信任的信和代表忍耐的忍。这名字很老派吧？不过我倒不讨厌。"

"野上益一郎先生的……"

"女儿，虽然跟他孙辈的年龄差不多。"信忍笑着说，"我，十六岁。"

"我也是。我叫冢田久美子。"

信忍向客厅方向看了一眼，问道：

"你是为'亚当和夏娃'竞赛来的？"

"嗯。我父亲……虽然不是亲生父亲，是我母亲的再婚对象，是最后的候选入围者。"

"是吗？不会是《两个夏娃》里的女儿……"

"你看过了？"

久美子有点儿不好意思。

"总觉得好像在什么地方见到过！那幅画真的太好了！"

"真的吗？"

久美子喜出望外。

近距离看，野上信忍确实与自己相似，但眉眼迥异。

不过，乍看真的觉得像极了。这种感觉在心底挥之不去。

"很快就会有结果了。"信忍说道。

"大家在客厅里都喘不过气来，太难受了，我跑出来了。"

"明白。这感觉是很烦人的。"

"虽然父亲说，能走到这一步就很好了。不过，他还是很想胜出啊！"

"那是当然的。能胜出就太好了！"

"谢谢……你要参加派对吗？"

"嗯。但在这之前我还有工作要做。"

信忍刚说到这里就听有人喊：

"久美子？你在那边吗？"

"是我妈妈……对不起，我在这里！"

"我还在想你去哪里了。"

有贵子看到信忍，停下脚步。

"妈妈，这是野上先生的女儿，叫信忍，也是十六岁。"

"这……你好！"有贵子脸色苍白地打了个招呼，"回去吧，爸爸很担心你。"

"我又不是小孩子。"久美子嘟起嘴说道，"一会儿见！"

"嗯，一会儿见！"

信忍扬了扬手，快步消失在走廊深处。

"妈妈！"

"嗯？什么？"

有贵子突然回过神来。

"刚刚那个女孩和我很像呢。"

有贵子看着已经什么都看不见的昏暗走廊深处。

"是……是吗？"她喃喃低语，"妈妈刚才没仔细看。"

妈妈在说谎。妈妈其实有同样的感觉，还吓了一跳呢。

久美子心里一片混乱……这到底是怎么回事？

"好了，我们回去吧。"有贵子说道。

久美子忽然想到，啊，对了，那只猫……

她环顾四周，却不见那只三色猫的踪影。

这时，客厅里忽然嘈杂起来。

"没什么异样。"石津说道，"硬要说的话，是肚子……"

"再等一等！"片山说。

"哥哥！"晴美走到正门大厅说，"要宣布了！"

"走吧。"

片山一行走进客厅时，记者们正朝通往画室的楼梯拥去。

"石津，你待在画室的出入口！"

"是！"

片山和晴美顺着楼梯走下去，看到野上面前围满了记者和摄影师。

"收到了很多佳作，我感到非常高兴！"野上用中规中矩的口吻说着，"这五幅作品，每一幅都有独特的魅力。但是，我们经过充分讨论，终于决定了入选作品！"

片山看着墙边的五个男人。

大家都脸色苍白，表情凝重。

"当我们把范围缩小到两幅作品时，面临了一个非常艰难的选择……"

有人拍了拍片山的肩膀，回头一看，是栗原。

"终于赶上了！"

栗原小声说着。

"是啊。"

片山像是面部抽筋了，笑着点了点头。

他一身白色无尾晚礼服装扮。

"然后以入选作品一幅、预备入选作品一幅的形式获得全体通过。"野上说道，"入选的是……"

他看备忘录的时间像永恒般漫长。

"冢田贞夫先生的《两个夏娃》！"

气氛一下子松弛下来。

虽然也公布了预备入选作品的名称，但片山并没有听到。

因为片山差点儿被一个少女撞倒。那个少女躲去人群后面低声哭了起来。

"喵——"

"怎么了？是你呀，刚才去哪儿了？"

片山看着脚边的福尔摩斯问道。

掌声响起。画家站在自己的作品旁边，面色涨红，逐渐露出笑容。

12　晚会

"恭喜！"

一个完全没见过面的男人来请求握手。

"谢谢！"

冢田贞夫回答道。

这是今晚说的第几百次的"谢谢"了吧。冢田累坏了，甚至对女儿久美子开玩笑说：

"录进磁带里，然后按重复播放键就好了。"

"我早就知道你很有才华！哎呀，真了不起！"

"谢谢。"

就算被这么评价……面对常年默默无闻的冢田，他们是怎么早就认定他有才华的？

但这些无所谓了，是的，这个派对是为我准备的！

"爸爸！"

久美子一脸兴奋地走过来。

"怎么了，你喝酒了？脸都红了！"

"不是的！因为大家都想让我站在那幅画旁边拍照！太

不好意思了！"

正说着，那边又有人过来了。

"我们是K报的。"这是一位摄影师，他要求道，"父女俩来一张！"

"咔"的一下，闪光灯一闪。

"再来一张，能劳驾去那幅画的旁边拍吗？"

"哦，可以啊！"

"不是，是请这位小姐……"

"不和爸爸一起的话就不拍！"

久美子宣布。冢田笑了，拍了拍久美子的肩膀。

"就算一起拍了，如果把我裁掉，还不是一样？去吧！"

"真是的……"

久美子虽然嘟着嘴，但看得出来她相当开心。

画室里挤满了人，竟然感觉空间有点儿狭小。

"老公……"

有贵子拨开人群走过来。

"怎么了？你去哪儿了？"

"人家……多不好意思啊，站在那幅画旁边的话。"

"吃点儿东西吧。回去后会饿的。"

"不用了，回去我们煮点儿荞麦面，庆祝一下。"

"辛苦你了！"

"别这样，在这种地方……"

有贵子苦笑。

"今后可不得了，我会踏踏实实地画下去！"

"是啊，那才是你希望的生活，很好！"

有贵子点点头。

派对很热闹。

落选者也很轻松地向冢田打招呼，也许一旦有结果了反而会变得轻松了。由于作为模特儿的女性的参与，派对上颇为流光溢彩。

"各位！"话筒传出的声音响彻画室，"各位，听我说！"

野上拿起话筒说道。

画室里一下子安静下来。

"今晚，我想向各位介绍几幅参加'亚当和夏娃'竞赛的特别之作。"

"嘎啦嘎啦"的响声传来，几幅盖着布的画被放在小车上推到画室中央。

"近来爱好画画的人越来越多，这是值得高兴的事……"

听了野上的话，想从画室逃走的恐怕只有片山。

"哥哥，你可不能逃跑！"

晴美很了解片山，拽住了哥哥的胳膊。

"喂，我可不想看到搜查一科的科长丢脸的一刻。这是属于武士的心情。"

"太夸张了吧！"

"喵——"

福尔摩斯在片山脚边叫着。

"你也不想看吧？"

片山向福尔摩斯寻求赞同。

派对开始了大约四十分钟。还没有柴郡猫出没的迹象。

不过野上是考虑周全的人，他首先介绍了几位艺人和歌手所画的《亚当与夏娃》。

既有远超内行水准的作品，也有小孩涂鸦般的作品，会场气氛变得轻松、和乐起来。

"接下来，我要介绍一位与众不同的画家，来自威名可止小儿哭的警视厅，搜查一科科长栗原先生的大作《亚当与夏娃》！"

"哇噢——"

哄堂笑声响起。

不是针对作品，而是"搜查一科科长也画画"这件事令人感慨。

"栗原先生一直关注当代，他的画有一种与众不同的感觉——请把布摘下来！"

野上指示道。

"如大家所见，这幅画中的亚当和夏娃象征了现代工薪阶层——白领。'失乐园'并不是《圣经》中的故事，画家认为，现代社会才是'失乐园'！"

刚看到画时，人群中果然有人闪过困惑的神色，但当野上对作品进行了连画家本人都没想到的阐释之后，大家顿时有一种恍然大悟之感。不一会儿，响起了掌声。

"请吧，栗原先生！"

在野上的催促下，脸颊泛红的栗原走上前。那件白色无尾晚礼服，仔细一看，充其量是沿街卖艺的东西屋①的行头，这让片山感觉很不可思议。

栗原在掌声中满脸笑容地点头致意，这真是"一生难遇的高光时刻"。

不管怎么说，栗原看起来很幸福。片山松了口气，目光转向了他处。

---

① 东西屋在日本旧时代一般指经过精心、刻意打扮，敲锣打鼓替门店做广告宣传的艺人。

在关注着野上这边的客人中间，一位少女穿梭而过，正准备上楼梯走出画室。

一瞬间，片山还以为这是那位名叫冢田的入选画家的女儿，再一看，又好像是野上的女儿信忍。

"那么，最后……"野上说道，"很抱歉涉及我本人了，但还是想请大家垂赏一下我弟子的作品。"

啊哈，片山心想，可能是因为自己作为模特儿的画要被大家看到了，女孩觉得不好意思才出去的。

户并这家伙这会儿在哪里呢？

信忍从画室走到客厅，叹了口气。

怎么办？信忍还在犹豫。

从画室出来，并非因为自己是画中人，怕引人注目，毕竟自己是想好了才去当模特儿的，而且信忍本人也画画。

她不会因为那种情况而躲起来。

不管怎么说，现在从画室逃出来了。

"哎呀，信忍小姐！"

樋口江利子双手捧着大盘子走过来。

"啊，江利子小姐！正在介绍户并先生的画呢。"

"哦？那我一定要去看看！"

江利子展颜一笑。

"我有点儿胖,你可别笑话我啊。"

"你说什么呢?信忍小姐,你应该多吃点儿增增肥!"

"这个程度已经够肥了!"

江利子快步下楼梯走向画室。信忍则下定了决心。

她决定去打开后门——为柴郡猫。

明知这是极其荒唐的,但信忍体内的某种东西在作祟,容许了这一切。

其实,趁着选拔结果发布后的那阵骚动出来也是可以的,柴郡猫就是这么要求的——然而信忍当时还没有下定决心。

当然,也因为父亲的熟人一个接一个地跟她打招呼,导致她没时间出来。但如果竭力去做,估计不是做不到。

毕竟引导小偷进入自己家里可不是仅靠单纯的好奇心就能说服自己的。

信忍急匆匆地从走廊跑向后门。

从厨房也可以到达后门。听到厨房里传来说话声,信忍停下脚步。

"我说,随便画个画就价值几亿日元啊!"

"真好啊!我也画一下试试吧。"

响起了笑声。

没问题。看来大概情况是，帮佣们的工作告一段落，正一边偷吃做好的饭菜一边闲聊呢。

信忍悄悄地靠近后门。

他已经进来了吗？过了这么久，柴郡猫还在等吗？

信忍轻轻地用脚勾起拖鞋，解开后门的门链。在安全防范这一点上，宅中做得相当严密。

她悄悄地打开门，从一条狭窄的缝隙问道：

"在吗？"信忍小声喊，"柴郡猫先生？"

室外的冷风吹到脸上。虽然外面很黑，信忍却感觉到了人的气息。

有人在那边。

她把门开得大了些。

没看见人影。突然有人一拳打在信忍的肚子上。

一点声儿都没出，信忍就昏了过去，瘫倒在地。

"哇噢！"

有人发出这样的声音。

不同于恭维声。一瞬间，所有人都被画中的少女迷住了。

江利子把盘子轻轻地放在桌子上，一动不动地感受着周围的气氛。大家会如何评价户并的画？

听到有人发出了"嗯……"的声音，似叹息，又似感叹。

江利子正等着谁说出"真好"之类的话。

周围萦绕一种好像"只要有一个人这么说，大家就都会赞成"的氛围。

拜托，谁先说一句啊！

江利子正想自己先说吧，然而就在这时……

"老师，这幅很好啊！"

有人出声了。

是向井。作为画商，向井的水平是众所周知的。

一时间众口一词：

"太棒了！"

"色彩很好啊。"

"锐利的线条很有现代感……"

大家纷纷夸赞起来。

江利子顿觉心潮澎湃。做到了！户并的能力得到了认可！

"看来当事人害羞得躲起来了。"野上说道，"好吧，大家给了很高的评价，那就由我代表弟子向大家表示感谢！"

掌声四起。

"好了，还有时间。请大家尽情享受，吃好，喝好！。"

在野上的示意下，钢琴声立时传出，伴着小提琴的乐声。

虽然是竖式钢琴，但终究给搬进画室了。

江利子总算松了一口气，正准备走出画室。

突然想再仔细地看一看户并的画，就从人群中穿过去了。

信忍的形象清晰地浮现在眼前——这样看，更漂亮了。

"你在这里干什么？"

野上看着江利子，惊讶地问道。

"老师，谢谢您！"江利子低头行礼，"作为回礼，我来给您家帮厨做饭！"

"哎呀呀……"野上苦笑。

江利子看了看户并的画，然后把目光转向其他入选作品，看到那些画并排摆放着。

"真是吓了一跳！"江利子说，"信忍小姐和那幅画里的女孩长得很像呢。"

也许因为都是画中人，两人显得更像了。

"你是这么想的吗？"野上说道，"我也这么认为。"

从他的语气中，江利子察觉到了某种不寻常的意味，她这才恍然大悟。

"片山先生！"

石津拍了拍刚刚开始吃东西的片山的肩膀。

"怎么了？"

片山好不容易把嘴里的龙虾咽下去后问道。

"安保警示灯……"

"哪里？"

"后门。"

"走！"

片山迅速穿过人群，从画室跑了出去。

13　偷听

水上祥子满怀幸福地拉着小提琴。

泽本的钢琴声虽然很激昂，但画室的音效很好，加上听众很多，回音被适当地控制住了。

祥子从不曾和泽本如此默契，因而很高兴。如果是这样——是的！一切都会好起来的。

一曲终了，泽本说道：

"下一曲选舒缓点儿的曲子吧。"

"是啊，《泰伊丝》怎么样？"

"嗯，可以。"泽本面向钢琴，"祥子！"

"什么？"

"今晚是最后一次。"

祥子有些莫名其妙。

"你在说什么？"

"就这样结束吧，我们俩。"

祥子脸色有点儿苍白，然后勉强笑了。

"为什么，突然要……"

"你知道吧？野上要为我的独奏会出钱。"

祥子紧紧盯着泽本，说道：

"那件事……"

"你已经跟K厅谈过了吧？我听说了。他们对我说'有这么好的赞助商真好'。"

"那个，你听我说。我正想着今天就跟你说……"

"作为回报，你做了什么？陪他了吗？"

"那种事……"

"算了，工作吧！《泰伊丝》？开始吧。"

不知何时，泽本的手指无意识地弹奏起《泰伊丝》。

祥子的小提琴也断断续续地拉出甜美的旋律——即便是在派对上，附近的客人听了也会停下谈话，专心倾听。

祥子知道泽本是认真的。他不会在这种事情上开玩笑。

身体都好像被掏空了，却还能拉小提琴，真不可思议。

"喂，片山。"

户并朝后门走来。

"怎么了，你去哪里了？"

片山问道。

"一位评审员说要先回去，我去送他。发生什么事了？"

"我不太清楚。"片山摇了摇头，"后门装有一旦打开就能刺激面板灯示警的装置。刚才那盏灯亮了，我赶过去的时候，门却好好地关着。"

"出故障了？"

"不知道……石津正在附近调查。"片山朝厨房方向望了望，"唉，要是没什么事就再好不过了。"

这时，石津走回来汇报：

"没发现可疑的家伙。"

"嗯……如果柴郡猫已经进来了，肯定不会在附近逗留。"

片山知道，派对期间，无论如何都无法准确地掌握谁处在什么位置。

"户并！哪些客人待在画室和客厅以外的地方？"

"这……大概都还在画室里吧。"

"也有客人出来，去客厅喘口气儿。请注意不要让他们从那里离开。"

"但我不能跟他们说，请您不要再往前走了……"

"我知道。不过只要若无其事地站在客厅和走廊之间，就能注意到客人的动静。我让石津和你一起去。"

"明白了。"

"普通的客人是不会在私人房子里随便走动的吧？"

"是啊。片山，你认为是柴郡猫闯进来了？"

"总有这种感觉。石津，你去找晴美和福尔摩斯，她们可能在画室里。"

"是！"

石津刚跑开，江利子就回来了。

"户并先生！你去哪里了？"

"送客人去了，倒是你……"

"就在刚才，你的画获得了大家的赞赏，可是最重要的当事人不在场……"

"刚才？是嘛！"户并笑着说道，"还好不在，要是在场，很可能会紧张到胃穿孔！"

"怎么净说些没出息的话……"

江利子笑了，但当她注意到片山严肃的表情时，不由得跟着庄重起来。

"发生什么事了？"

江利子问道。

"听说怪盗可能已经潜入。"户并抱着江利子的肩膀，"你要小心点儿！"

"嗯，可是……"

"门内侧的防盗锁链是挂上的。"片山说着，"可是门打开过。也就是说，有人先把链条从门内解下来，把柴郡猫放进来，又按原样挂上了。"

"谁会从里面解开锁链？"

"只要有这种想法就可以这么做。譬如你假装去厕所，走到走廊上，然后跑到这里，花不了几秒钟。但只有少数人知道这里有安保装置。也就是说，里通的那个人可能自以为做得神不知鬼不觉呢。"

"原来如此。可能是疏忽大意了。"

"所以我们也不要太张扬，多观察那些出入画室的人。你能认出大部分人的脸吧？"

"能，即使不知道名字，也能认出负责报纸美术栏目的记者的长相。"

"那就到客厅去吧。"

片山催促道。

"你别待在厨房里了。"

"哎呀，为什么？做甜点很有趣呀。"江利子说道，"别担心。厨房里没什么值得被偷的。"

片山看到晴美和福尔摩斯过来了。

"哥……"

"擦亮眼睛好好盯着！"

片山只嘱咐了这一句。

"好！"晴美明白，"刚才野上先生离开了画室。"

"他？"

"好像上二楼去了。"

"是累了吧。"

户并略感疑惑。

"喵——"

福尔摩斯的叫声听起来好像在说"不是哦"。

门开了。

有贵子几乎是条件反射地站起来。两人仅相距数米，但从时间角度来说，已相隔十七年。

"有贵子！"野上率先开口。

"好久不见。"有贵子微微低头示意。

"确实如此……"

野上反手慢慢关上门，

"坐吧。"

示意她坐在沙发上。

"我得马上回去，"有贵子低声说着，"我老公会注意到。"

野上坐在卧室里舒服的大沙发上。

"你丈夫知道吧？"

"怎么会呢！"有贵子睁大眼睛，"如果知道，他就不会来这里了！"

"也是。可是……"

"拜托了，请不要告诉他！他是个好人。他真的很疼爱我和女儿！"有贵子连珠炮般不停地说道，"过去的事，我都忘记了。我不想重蹈覆辙！"

野上目不转睛地盯着有贵子。

"我知道。"他平静地点了点头，"我也不年轻了。"

有贵子有些困惑。

"怎么了？身体不舒服？"

"我也会有忏悔自己罪孽的时候啊！"野上苦笑，"那时的事，我现在不愿去回忆了。"

"我……总是忍不住想起害死我前夫那件事……"

野上朝门口看了一眼。

"那是意外吧……"

"看起来是意外事件，其实是我丈夫喝醉了酒，以时速一百五十公里的速度飙车……是自杀。是我把他逼上绝路的。"

野上看起来有些不安，手指敲打着沙发扶手。

"你为什么不恨我？"

"恨你又怎样？结果还不是一辈子听着你的大名过自己的穷日子？我还从事画画这份工作，我的丈夫也是画家。"

"就因为这些？"

两人的视线碰在一起。

"您明白吧？"

"嗯。"野上点点头，"明白。"

陷入了一阵沉默。

"您……"

"我……"

两人同时开口，又同时停住了。

野上不知为何突然笑了。有贵子长舒了一口气。

"您是什么时候知道的？"

"我是画家，看到候选作品，一眼就注意到了那个孩子，觉得她和信忍很像。然后我看到画中的母亲，就全明白了。"

"野上先生！"有贵子说道，"请您保持沉默，不是为了我。无论如何，那都是我自己的罪过，没办法，但我丈夫，他的入选，如果……"

"你以为他是因为画了我的女儿才入选的？"

"这种情况最可怕……"

"别担心。我也是画画的，这种事不会干扰我的判断。"

"听您这么说，我就放心了。"

野上缓缓地吐了口气，说道：

"我认为你丈夫虽然不是天才，但是在这一行会做得很好。我向你保证。"

"他是个没有欲望的人。"

"你又一次选择了和我截然不同的男人。"

说着，野上笑了。

"虽然心里想着再也不找画家了，但确实……"

"是啊，"野上点点头，"我一直以为自己是天才，可以为所欲为，但现在我想做一个正常的人，而不想当什么天才。"

有贵子微微皱起眉头，问道：

"出什么事了？"

"我……"

突然，两人面面相觑。

门口好像有什么声音。

有贵子急忙跑过去，一下子拉开门。

"谁在那儿？"

野上站起身来问道。

"没有……没看见。"

"是心理作用吧？或者是潮气太重。"

"我该回楼下了。"

"啊……我休息一下就过去。"

"您累了？"

"我也会有疲惫的时候啊。"

野上回答道。

有贵子松了口气。即使站在他身边，也不再感到野上具有侵略性。

这反而让她感到一阵失落。总有一天，人会失去原有的气势，变得有安全感——这也意味着失去了某种东西。

有贵子快步穿过走廊，向楼梯走去。

"对不起啊！"向井说，"但我不会耽误您太多时间。"

"啊……"

冢田心神不定地走进野上家的客厅。

"这里就像我家一样。"画商放松下来，"请您也歇口气。累坏了吧？"

"因为太兴奋了，所以还好。可能明天就会有反应了。"冢田说道。

"不管怎样，恭喜您！"

向井的话与派对上滔滔不绝的"恭喜"分量不同。

"谢谢！"

"我要说的很简单。"向井说道，"那件入选作品，您打算出售吗？"

"那个不能卖。不管穷成什么样，只有那个不能……"

"以后您就不用操心这些了。"向井说，"您的其他作品，包括今后打算画的……也就是说，请您把所有画作的代理权都交给我吧。"

冢田没有马上回答。

"绝不会让您吃亏的。"向井继续游说，"与其他画商相比，我们更有实力。我只是向您陈述一个事实。"

"我知道。"冢田说道，"并非不信任您。当然，我很清楚您的实力，加上考虑到野上先生那边，当然应该答应……"

"那为什么犹豫呢？"

"很简单，没有其他作品。"

向井不解地眨了眨眼睛。

"您是说，您迄今没画过其他的？"

"没有。在那间狭小的公寓里，画作是无法存放的。工作中所画的都随便处理掉了。"

"那今后打算画的……"

"等画好了再说吧。即便拿了奖，也不能说自己的水平因此就有多高了，而是需要一幅一幅地去画，是和自己战斗。到时候，您也一幅一幅地过目吧。如果有中意的，再请您代理。"

向井闻言，瞠目结舌地望着冢田。

"可以了吗？我如果再不回去，女儿和妻子会担心的。她们会担心我是不是在哪儿跌倒了。"

"您经常跌倒吗？"

"毕竟太兴奋了。"冢田一本正经地说道，"那告辞了！"

说完，鞠了一躬离开了。

14　噩梦

"哎呀，老公……"

野上好子走上楼梯，迎面遇上自己的丈夫。

"是你？怎么了？"野上问道，"你喝酒了？"

"嗯……今晚是庆祝晚会吧。"

好子一副醉眼惺忪的模样。

"不要让信忍看到你醉醺醺的！"

野上说着就要下楼。

"老公！"

"干什么？别大喊大叫的！"

"明明是普通的声量嘛……刚才你去哪里了？"

"在我房间里休息。"

"骗人！你刚刚跟女人在一起。是跟谁？"

"这是你该管的吗？"野上冷冷地说道，"去睡吧，别在客人面前丢人现眼。"

"哎呀……你这说的是什么话！"好子嘟着嘴抱怨道，"太过分了。我是你的妻子啊。"

"我知道。"

"你不知道!"

"你安静点儿!"野上叹了口气,"好了,来吧。"

他拉着妻子的胳膊回到二楼。

"老公……请也稍微为我考虑一下……"

好子抱怨的声音越来越小。

这时,晴美和福尔摩斯悄悄地从楼梯下探出头,

"家家都有难念的经啊。"

"喵——"

福尔摩斯沉思般地叫了一声。

"可是柴郡猫怎么了?一点儿没闹事,真没意思。"

这话如果让片山听见,估计会发牢骚。

"哎呀!"晴美回头看见一个人,"你是……人选的冢田先生的……"

"啊,您好!"那人说着低头行礼,"我是冢田久美子。"

"恭喜!"

"谢谢!"那姑娘道完谢,忽地踉跄一下。晴美慌忙过来扶着她,听见她说:

"我没事!谢谢。"

道谢完就跑了。

"她怎么了？"

在晴美看来，刚刚那个姑娘似乎受到了打击。

"请问……"冢田有贵子从客厅里出来，"对不起，打扰一下，请问您看到一位十六岁左右的姑娘吗？"

"啊，您是冢田夫人吧，您女儿刚刚往那边去了。"

晴美指着厨房方向。

"谢谢！"

有贵子道谢后去找女儿。

晴美和福尔摩斯面面相觑。

"过去吗？"

"喵呜——"

她们偷偷跟在有贵子身后。

"妈妈！"

"久美子，怎么了？"

走廊里，母女面对面站着。

"我……"

久美子双手蒙脸。

"那么……到底还是……刚才的……"有贵子叹了口气，"你都听到了？"

久美子点头。

"看着妈妈上了二楼，想着您这是怎么了，然后野上先生也上去了，我有些担心……"

"久美子，对不起！"有贵子把手放在女儿肩上，"详细情况以后再告诉你，反正现在……"

"我是野上益一郎的女儿吧？"

晴美听到这里，差点儿忍不住叫出声。

"是的。"

"这件事，爸爸不知道？"

"当然……"

"可爸爸也是画家，看到那两幅画不就意识到了？"

"我祈祷这种事不要发生。"有贵子抱着女儿的肩膀，"你要保密。拜托了！"

"当然。"久美子似乎恢复了精神，"不过，请您跟我解释一件事。"

"什么事？"

"我明明是野上益一郎和妈妈的孩子，为什么画画的水平这么差？"

有贵子闻言笑道：

"谁知道呢。也许不久之后，你的才华会突然绽放。"

"不行。在我的画里，连路灯和郁金香都分不清。"

母女俩说着向客厅走回来。

晴美和福尔摩斯在她们经过时躲了起来。

"令人震惊！"晴美喃喃地说道，"不过，确实，她跟信忍那孩子长得很像。"

连晴美都这么想，冢田贞夫会注意到吧。

此时，晴美她们走入走廊中间的一处凹陷，那里正好是灯光照不到的地方，非常适合藏身。

晴美注意到一扇小门，说道：

"这里是储藏室吧？"

"喵——"

福尔摩斯抽动了一下鼻子，把头伸进那扇低矮的小门。

"有什么情况？"

"喵——"

福尔摩斯的叫声似乎在催促着什么。

晴美试图打开门，却推不动。

"有什么问题？"

石津出现得非常及时。

"太好了！那个，这里，打开它！"

"里面有什么吃的东西吗？"

也许是在派对上没吃饱，石津才会有这样的想法。

"真重啊！"石津推了推，试图打开门，"请让开！"

他把手指拧得"嘎巴嘎巴"直响。

"呀——嘿！"

伴随着一声吆喝……门发出"嘎吱嘎吱"的响声，动了。

"啪——"

门板裂成两片。

"好厉害！"

晴美惊讶得瞪大眼睛。看到储藏室里的情况，她的眼睛瞪得更大了。

"这孩子……是野上信忍！石津先生，快把她抱出来！"

被石津抱出来躺在走廊上的信忍已是昏迷状态，手脚被捆住，嘴被塞住。

"快把我哥哥叫来！"

"是！"

石津跑开了。

福尔摩斯探头看了看储藏室，似有疑惑。

"你醒了？"

晴美一边用冷毛巾擦拭信忍的额头一边问道。

"啊……"信忍睁开眼睛，"我……那家伙呢？"

说着猛地坐起身。

"你还不能动！不躺一会儿是不行的。"

"我没事了。"信忍晃了晃头，"发生什么事了？"

"你遇到什么事了？"

片山问。

信忍此刻躺在客厅的沙发上。

"我……被打了……肚子。"说着摸了摸肚子，"太后悔了，听信了那家伙的话。"

"那家伙是谁？"

信忍有点儿不好意思。

"是柴郡猫。"

"快说说情况！"

片山催促道。

"请别告诉我爸爸！"

"这不可能。"

"也是……"信忍叹了口气，"是我太傻了！"

信忍从上次晚归时在家中遇到柴郡猫说起，一直说到今晚刚打开后门就挨揍了。

"真没想到。万一受伤了怎么办？"

"对不起！"

信忍垂头丧气。

"那时你看到柴郡猫的身影了？"

"没有，我还没来得及看到。"

"也就是说，现在，在这个房子里，那家伙潜伏着呢！"

"可是，怎么找呢？"

"画室里的派对正在进行，也许他躲在什么地方等着客人们离开。"

"或者混入了参加派对的客人中间。"

"你不要露面，让他以为自己混进来这件事还没被发现。"

"我知道了。"

信忍爽快地答应了。

"晴美，你能陪着她吗？"

"没问题。"

片山走出客厅时，户并走过来。

"片山，老师在那里吗？"

"野上先生？没有。他不见了？"

"是啊。到哪里去了呢？"户并疑惑道，"有客人打算回去了，想跟老师打个招呼。"

"户并，参加派对的客人里有没有生面孔？"

片山一边和户并说话一边走到楼梯边。

"这……我也不是都认识……"

"喵——"

"哇！"户并吓了一跳，"你什么时候跑这里来了？"

"福尔摩斯，怎么了？"

片山顺着福尔摩斯的视线，抬眼望向楼梯，屏住了呼吸。

"夫人！"

户并失声叫道。

野上好子穿着艳丽的西装走下来，她的眼神像在做梦。

应该是噩梦，好子的西装上到处溅着一看就是血的东西。

"片山……"

"待在这里。"

片山拔出枪走上楼梯。

向二楼走廊望去，一扇门半开着。

片山慢慢地向门靠近。

"真好吃。"泽本赞道，"菜真不错！"

"嗯。"

水上祥子呆呆地回应着。

"吃吧。别浪费。"

"嗯。"

随着时间的推移，派对上的客人对食物已不太在意，更多的人只喝酒。

菜看起来剩了很多。

"亲爱的，你去哪里了？"

祥子突然清醒过来，问道。

"你在说什么？我一直在吃，一直在这里。"

"是吗？没看见你，我还以为……"

"一直在到处吃。"

泽本很欢快地说道。

刚才的话是开玩笑还是自己幻听？

"那个……我……"

"算了，现在说也没用了。"泽本胃口大开，"好吃！这个好吃呀。吃吧！"

祥子只想放声大哭。

明明一切都是为了泽本，却要被他抛弃。

那种事……那事……

她想哭闹，想抗争。

但事实上，祥子还是听从了泽本，拿了菜放到盘子里吃。

"真好吃啊。"

还微笑着附和他。

然而就在这时，会场里的灯光突然熄灭，画室陷入黑暗。

15 黑暗中

一时间，大家都仅仅有些困惑，似乎都认为灯光很快就会亮起来。

大概是有人不小心碰到了开关或总开关的闸门掉了……不管怎样，灯很快就会亮的。

"怎么回事？"

水上祥子不安地问道。

"停电吧，"泽本不慌不忙，"注意钱包不要被偷哦。"

他还开起了玩笑："钱包里的钱还没多到值得被盯上。"

没错，最终还是钱。虽然不愿这么想，却无可奈何。

如果我们有钱，就不用做这样的兼职了，也没必要为了给泽本举办钢琴独奏会而去求野上益一郎出钱。

如果我们有钱，泽本就会更爱我，也许可以一直相爱，还会结婚。

然而……为什么不得不分手？难道是我做错了什么？

不知怎的，在漆黑之中，祥子突然觉得自己变大胆了。

也许不合理，但一股奇妙的力量涌上心头。

"我不要！"

祥子突然大声喊道。

"啊？"泽本愣了一下，"你说什么？"

"我不要分手！我要和你在一起！"

"你……干什么？在这种场合……"

很诡异——周围一片漆黑，却人声嘈杂。

"什么场合都可以！说实话还要选场合吗？"

"你别这么大声！"

画室里，灯熄灭的时间已经很长了。虽说如此，其实不过一两分钟，但感觉很漫长。

大家似乎开始有点儿担心，渐渐沉默。画室里安静了。

"我有权大声说话！"

祥子的嗓门越来越高，声音在画室里回荡。

"喂，祥子……"

"闭嘴！现在是我在说话！虽然我卑微地在餐馆里、派对上和那些没人会听的场合拉小提琴，但我也是小提琴手。"

"我知道……"

"你闭嘴！"

祥子大吼一声，泽本吓了一跳。

"我求你了……你冷静点儿，好吗？"

"你让我怎么能冷静？我一直在努力，梦想着让世人知道你的才华！有时还会演奏《哆啦A梦》的主题曲，这都是为了你。虽然如此……可是呢……我请野上先生出钱为你举办独奏会，这有什么不对？你去问问在座的各位！"

"听我说，祥子……"

"你的意思是我和野上先生发生了关系？你是不是俗滥电视剧看多了，以为是个男人都想引诱女孩？那是因为你就是那样的男人吧！"

祥子原本并不打算把话说得如此直白，但她停不下来了。

喋喋不休，像一下子变成连自己都不认识的另一个祥子。

"别太自恋了！你大概以为只要你眨眨眼就会有很多女孩跟你走？你如果和我分手了，还有谁会帮你洗内衣？还有哪个女孩会帮你打扫厕所啊？"

"好了，我知道错了。我道歉，求你了。别这样！"

画室里一片寂静。

"那你发誓说不会和我分手！"

"我发誓！发誓！"

"没诚意！"

祥子怒吼。

"对不起！我从心底起誓！"

"吻我！"

"在这里？"

"反正一片漆黑。如果你不愿意，我就把你的前女友一个一个地在这里公开介绍。"

"别这样！"

"那就好好吻我！"

"不知道嘴唇在哪里……"

"那就好好找吧！"

然后……两人的谈话中断了。

这时，灯突然亮起来。

客人们看到会场正中央的两人正紧紧地拥抱亲吻，都微微吃了一惊，随后马上鼓掌。

画室里掌声雷动。

两人终于分开了。

"我爱你！"祥子像是还在生气，"你也爱我吗？"

"啊……"

掌声将两人包围。

祥子脸红了，不好意思地说道：

"打扰大家……"

笑声和掌声更加热烈了。

这时，一个声音响起："各位！"声音是从门口方向传来的，"各位，请听我说！"

户并从楼梯上走下来。

他的表情很僵硬。每个人都紧张得闭上嘴巴。

"请听我说！"户并重复道，"发生了一件大事——野上老师去世了。"

无声的轰鸣感充斥了画室。

"真的很对不起，在这样的场合……"户并走到话筒前方，"各位，请暂时不要离开这里！"

大家都面露困惑。

"什么意思，户并君？"

一位评论家出言问道，他是评审员之一。

"是警察的要求。"

"警察？"

"怎么回事？"

上前问话的是栗原。

"野上老师……好像是被谋杀的。"

听了户并这番话，画室里一瞬间安静下来。

"片山！片山在哪里！"栗原从画室走向客厅，大声喊道，"片山！"

"在楼上！"紧挨着他身后有个声音说。

栗原"哇！"地跳起来，"石津啊！你吓了我一跳！"

"对不起！"

石津原本没想吓唬栗原，但还是坦率地道歉。

"片山……你说他在哪里？"

"在二楼。"

"是吗？在现场吗？"

"是的。"

"日本美术界刚刚失去了一位伟大的天才！你明白吗？"

"是吗？"石津根本听不懂，"片山先生在楼上等着您。"

"知道了，可是……我的胸口好像要被满腔悲伤撑到裂开了。"身穿白色无尾晚礼服的栗原把手放在胸前，抬头看着天花板叹了口气。

"租来的衣服果然不考究！"石津接腔，"哪里开线了？"

栗原瞪了石津一眼："我上楼了。不许任何人离开！"

说完急着往楼上走去。

"喵——"

"哇，你是来迎接我的？"栗原看着蹲坐在楼梯中间的福尔摩斯，"你应该明白吧？野上益一郎的过世给我带来多么巨大的冲击。"

"喵呜——"

福尔摩斯扭身把屁股对着栗原，迅速上了楼梯。

栗原叹了口气。

上了二楼，看到片山在走廊里等着。

"科长……"

"什么也别说！我并不是因为野上益一郎称赞了我的画才尊敬他的。他本就拥有无与伦比的才华。片山，你说呢！"

说着把手搭在片山的肩上往前走。

"那个，科长……"

"我知道！那个人确实人品有问题，可能是个花花公子，任性、冷酷，我行我素、自以为是……对了，这两个词是一个意思吧？"

"我说那个……"

"可是作品才是关键！你明白吗？艺术是永存的。人不能活一百年，艺术却能存在几百年、几千年。创造它的人小小地任性又有什么问题呢？人会被遗忘，作品却会留下——哪怕是个混球画的。"

说着，栗原走进敞开的门。

"哎呀，完全正确！您说得很对！"

野上益一郎赞同道。

"不敢!"栗原低头行礼,"这是……化成鬼魂出现了?"

"科长,"片山叹了口气,反手把门关上,"我刚才就想跟您说,但您一直自顾自地说个不停……"

栗原明白站在眼前的确实是有脚的野上益一郎了。

"片山!"

他脸色通红。

"不,不,刚才栗原先生说得很有道理。"野上说道,"我是个混球,是个花花公子。我不否认。只是对我来说,那些都是必要的。"

"哎呀,这是自然的!当然,当然有道理!"栗原忙不迭地赞同道,"可是,谁被杀了……"

"尸体就在那里。"

片山指了指。

有人身上缠着床单倒在地上。白色床单被血染红了一半,旁边有一把沾血的菜刀。

"这个人是谁?"

栗原俯视着那个女人。

"帮佣。"片山回答,"好像是被那把菜刀刺死的。"

"帮佣?为什么……"

"我在想，凶手会不会以为杀的是我。"野上说，"于是我决定暂时放出我被杀死的消息，如果嫌疑人在宅中……"

"啊……可是……"说到这里，栗原似乎意识到不能对此说三道四，便说，"我明白了。总之就这么办。"

"科长，媒体方面怎么应对？"

片山问道。

"糟了！"栗原瞪大眼睛，"糟了！可能真的要把野上先生去世的消息传出去了。"

"要阻止吗？可是……"

"没用的。"栗原沉思着，"带手机的人应该有很多，假消息肯定早就传出去了。"

"是啊，可是……"

"喵——"

福尔摩斯叫了一声。

野上微笑着说：

"这不是很好吗？"

"什么意思？"

"虽然这么做很对不起死去的加代，但就假装我已经死了吧。反正消息已经传出去了。"

"话虽如此，我们不能发布虚假公告！"

栗原瞪着眼睛强调。

"栗原先生!"野上揽住身穿白色无尾晚礼服的栗原的肩膀,"您什么都不知道。您今晚是作为画家来到我家的。"

这句话肯定一下子打动了栗原,连片山都看得很清楚。

"原……原来如此……"

"您是有资格被当作画家受邀请的。这没有任何不妥。"

"是嘛……"

"是啊!今晚出现在这里的不是搜查一科的栗原科长,而是栗原画家啊!"

话说到这里,大局已稳住。

栗原的脸涨红了,配上白色无尾晚礼服,就好像红白幕布那样显得很喜庆。

片山和福尔摩斯对视一眼。

片山轻轻地耸了耸肩。福尔摩斯也……虽然没有耸肩,却微微闭上双眼,像是在无声地感叹:"哎呀,哎呀……"

16　幽灵

"今晚的事真令人震惊啊！"

冢田一边脱下无尾晚礼服一边说道。

"是啊，"有贵子低声回应，"久美子，去洗澡吧。"

"嗯。冲一下就行了吧？我累坏了。"

久美子伸了个懒腰。

"累了？"冢田关切地问道，"对不住，让你一直陪着。"

"您为什么这么说？"久美子嘟着嘴，"爸爸入选和野上先生被杀，这两件事不是没关系吗？"

"是啊……抱歉！"冢田为此道了歉，"总觉得自己身上带了穷酸气，不敢相信自己的画竟然受到好评。"

"我觉得是天经地义。爸爸胜出是应该的。"

听久美子这么说，冢田高兴地点点头。

"谢谢。画商向井先生也对我说，希望代理我的画。"

"哎呀！这很厉害，老公！"

有贵子明白其中的分量。

"不过，问题是没有特别重要的可供代理售卖的画。"

冢田笑着说。

"那就画啊！"久美子说道，"如果可以的话，我随时都可以给您做模特哦。"

"好了，去洗澡吧，否则会迟到的，明天是星期一！"

"好啦！真想请假休息。"

久美子穿着内衣朝浴室走去。

"这可不行。你这孩子说什么呢！"

"有贵子……"

冢田"扑通"一声瘫坐在榻榻米上。

"累了吧……要给你泡杯茶吗？"有贵子坐到他旁边，"明天睡到自然醒吧。"

一阵沉默袭来。

有贵子突然感到不安。

"怎么了……"

"野上先生竟然遭遇了那样的事。"冢田叹了口气，不看有贵子的眼睛，"你……一定很震惊吧？"

有贵子的心一沉。

"老公……"

刚要说些什么，却看到丈夫一脸惊讶。

忙回头一看，她也吓了一跳。

久美子赤身裸体地站着。

"久美子……"

"爸爸！"久美子说道，"您看，我才不害羞呢，因为我只有您一个爸爸！"

冢田和有贵子什么话都没说，只是看着她十六岁的身体。

"不过，只能现在看一下。"久美子笑着说，"很快就会变得性感起来的！"

说完，忽地转身，跑进浴室。

夫妻俩沉默了一会儿，刚才的紧张气氛已经消散。

"那家伙……"冢田摇了摇头，"不配做父亲！"

"是啊。"

"野上先生肯定也注意到了吧？"

"嗯。那件事，那孩子也听说了。"

"那么……对她来说，是亲生父亲被杀死了。"

"刚才那孩子不是说了嘛，你是她唯一的父亲。"

"嗯，"冢田点点头，"我很幸福。"

有贵子伸出手，握住了冢田的手。

浴室里传来了淋浴声。

"冢田贞夫有杀害野上先生的动机吗？"

晴美在车里问道。

天快亮了。

石津正驾车载着片山他们行驶在回家的路上。

福尔摩斯蜷卧在晴美的膝盖上。

"可能意识到了女儿久美子是野上的孩子。"

邻座的片山说道。

"肯定注意到了，毕竟和信忍那孩子长得太像了。"

"那位夫人叫有贵子吧？她和野上之间是有过什么的，如果冢田是爱嫉妒的人……"

"是啊，不能说毫无嫌疑。那位夫人也是，如果野上先生逼迫她保持以前的关系……"

"野上那个人很有可能这么做。"

片山点点头说。

"那个女儿不会这么做吧……"

"不过对冢田来说，野上是他今后最大的靠山了。他会杀了这样的野上吗？"

"一时急火攻心，冲动之下……毕竟是个艺术家啊。"

晴美的逻辑简单明了。

祥子猛地醒来。

诶？这里……是哪里？

她吃惊地环视周围。

"啊……原来如此。"

小提琴琴盒就在身边，放在沙发上。泽本……去哪儿了？

这里是野上家的客厅。

警察来了，一片混乱。电视台摄影师和记者也蜂拥而至。

这很正常，毕竟画坛大人物被杀了。

因为参加了画室的派对，所以被问了口供。不过祥子和泽本不是客人，只是被请来演奏小提琴和钢琴作为背景音乐。

两人说明情况后，刑警似乎马上接受了他们的说法，告诉他们："可以回去了。"

话虽如此，已是半夜时分，没有电车了。

于是那个姓樋口的女人询问一个叫户并的人之后，对她说："直到早上首班电车发车前，你们都可以睡在客厅里。"

如果打出租车，费用会很高。虽然兼职所得的十万日元已经支付给他们了，但他们不想浪费。

泽本当时也在……

几点了？客厅里很暗，祥子站起来打开门，来到走廊上。

天很快亮了。

野上的宅邸里很安静，根本不像发生了杀人案之类的可怕事件。大家是不是都做了一场梦？

梦……泽本的独奏会，原本野上会出钱的……

当然，出了这种事也没办法。

说起来，野上益一郎的妻子去了哪里？好像完全没见到。

派对刚开始的时候还在。祥子一边拉小提琴，一边注意到她喝了很多酒，醉醺醺的。

不过那次骚乱之后就没看到了。毕竟丈夫被杀，可能因为震惊而晕倒了。

如果跟那位夫人说明情况，她会出钱吗？

您丈夫答应了要为泽本先生的独奏会出钱……这么说很……勉强吧。那位夫人不太可能会做这种事。人嘛，虽说外表看不出来，但浑身散发的所谓气氛的东西，还是可以感觉到。

祥子有点儿发抖，走廊里冷得很。

借用一下卫生间，记得是在走廊的最深处……

在昏暗的走廊上蹑手蹑脚，尽量不发出声音。走着走着，听到了用水冲洗什么的声音，门开着。

哦，原来在那里啊。祥子想，也许是泽本。

出来一道人影，似乎没想到祥子在门口，迎面撞上去。啊！祥子惊叫一声，正要躲开，却被撞倒在地。

"抱歉抱歉！"那人连声道歉，"没事吧？"

祥子心想，这个声音好像在哪儿听过。但不管怎么说，屁股都狠狠地摔了一下，

"好痛……"

不由得发着牢骚。

"这么严重？我没想到有人在外面。"

这个声音……是谁来着？

对方蹲下来盯着祥子的脸。

"哎呀，原来是小提琴手啊！"

那张脸怎么看都是野上益一郎——不会吧！

被杀死的人……怎么可能！

难道……是鬼魂？

与其说是害怕，不如说是太过吃惊。

"呜——"地发出一声呻吟，祥子当场晕倒了。

"那个拉小提琴的女孩？"

晴美问道。

"是啊，不是有个男钢琴家在伴奏吗？"片山在副驾驶座上打开了记事簿，"嗯……就是他，泽本要。据说水上祥子为了恋人泽本，请野上支付举办独奏会的费用。"

"谁说的？"

"户并。他是从野上先生那里听说的，因为具体事务是由户并负责的。今晚，或者应该说昨晚，他打算在那场派对之后同水上祥子谈一下。当然，现在不是谈这件事的时机了。"

"是这个原因啊！"晴美点了点头，"我听说画室里发生了一件趣事。"

"什么事？"

晴美讲述了画室的灯熄灭之后，一个女孩在黑暗中与男钢琴家争执起来，硬要他吻她，还赢得了掌声。

"你听谁说的？"

"负责料理的樋口江利子小姐，她说当时正好在画室里。"

"是嘛……"

"听说男钢琴家怀疑那个叫水上祥子的女孩为了拿到举办独奏会的钱而和野上先生发生了关系。"

"如果泽本真这么怀疑，他会报复野上吗？"

"连确认都不确认就想杀了他？"

"那两个人一直在画室里？"

"谁知道呢……那是派对嘛，即使稍微离开一下……"

"但是户并应该看到了所有进出的人。"片山摇了摇头，"不会，不是那两个人。"

"说到底都是误会呢。"

晴美说道。

"是啊，野上好像有改邪归正的苗头了，不会再胡乱对年轻女孩出手了吧……"

听了片山的话，福尔摩斯的耳朵抽动了一下，昏昏欲睡的眼睛微微睁开。

人类啊，终究是不思悔改的动物，和猫不一样。

福尔摩斯似乎想说这个。

或许不合常理，但祥子失去知觉时想到的的确是："眼前的是鬼魂吧！"

但当她苏醒过来，看到野上探头观察自己的时候，马上意识到眼前这位是活人。

"您还活着呢！"

"算是吧。"野上一本正经地点点头，"你才真是的，我还以为你死了呢。"

"吓了我一跳，怎么会……"

祥子想坐起来，头却有点儿晕。

"再睡会儿，天快亮了。你没什么事儿必须急着回去吧？"野上说道。

祥子这才发觉自己是……睡在哪儿？在床上。

"这里……"

"这是为客人准备的卧室。"

"那么……是野上先生抱我过来的？"

"这点儿力气总是有的。不管怎么说，画家是体力劳动者嘛。"野上微笑着说道。

"我……总觉得身上没劲儿。"

祥子叹了口气，望着天花板。

"毕竟昨晚那么混乱。你肯定是累了。"

"为什么？您为什么撒谎？"

"确实发生了杀人事件，被杀的是帮佣加代。"

"帮佣？"

"她在我的卧室里被杀了。凶手可能以为杀死的是我，于是我顺势放出我死去的消息。"

"这样啊……你骗人！"

祥子不禁生疑。

野上的表情变得严肃起来。

"为什么说我骗人？"

"不……对不起，我……脑子有点儿乱。"

祥子双手捂脸。

"说吧，你怎么知道是假的？"

野上坐在床上抓住祥子的手腕，把她的手从脸上拉开。

"好痛……只是不由自主地这么想。拜托，我的手……"

祥子恐惧了。

野上的表情在一瞬间恢复了平静。

"对不起。我也是，确实有点儿累了。"他说。

"不……对不起，是我说了奇怪的话。"

"你是艺术家。"野上说，"也许你有超能力。"

祥子不吭声。一想到有可能再次激怒野上，她就很害怕。

"对了，"祥子突然一惊，"忘记了！那个人……"

"你男朋友？"

"是啊，泽本先生……那个人会担心的，肯定会的。"

祥子坐起身正要下床，野上举起小提琴的琴盒向她示意。

"你的乐器在这里哦。"

祥子颓然坐回去。野上接着说道：

"泽本君已经回去了。你不见了，他就去走廊里找你。然后我让户并跟他说'她先回去了'。"

"那是……为什么？"

"我应该告诉他你在这里吗？"

"这……可是……"

"我啊，不忍心把你吵醒，就让泽本先回去了。你不必担心，以后随便敷衍一下就行了，就说忽然贫血，休息了一会儿。不是很容易吗？"

"不过……我还是要回去。"祥子摇摇晃晃地站起来，"这是怎么了……头晕……"

"好了，去睡觉吧……好吗？强撑着也没用，对不对？"

确实无能为力。祥子倒在床上，闭上眼睛。只要一睁开眼睛就感觉头晕难受。

总觉得很奇怪……这种……这种事……

身体好像在波浪间漂浮，就这样被拉进了梦里。

然后……

野上朝她喊道：

"喂……你没事吧？"

很痛苦吗？

祥子在深呼吸，衬衫下的胸部高高隆起，上下起伏。

呼吸渐渐平稳，似乎睡得很安适。

嘴唇微启，像年幼的孩子。

野上用指尖碰了碰祥子的嘴唇，那嘴唇微微一动，像是在亲吻手指。

沉睡的祥子和刚才那个女孩好像不一样。

天真烂漫的睡脸。

脸颊白皙莹润，从衬衫里露出的皮肤似乎在发热，泛红。

野上深吸一口气。

一股热流涌上胸膛——最近忘却的那种感觉回来了。

必须抓住这种感觉，不需要理由。

野上的本能在下命令。

抓住眼前的东西！

"后来……柴郡猫到底怎么样了？"

晴美问道。

"我要睡了。"片山打了个大大的哈欠，"你看，福尔摩斯早就睡着了。"

到了公寓，石津直接开车回去了。

片山他们在派对上吃了饭，不怎么饿。

赶紧洗了澡，换上睡衣，片山的眼皮快粘在一起了。

"明天……你得叫醒我……"

"是今天，对吧？"晴美纠正道，"总是这么不靠谱。"

片山睡着了，福尔摩斯也趴在坐垫上呼呼大睡。

"只有我一个醒着？"

倒不如说是晴美的精力不一般。可是呢，人总是以自己的标准来判断别人。

她泡了茶，一边喝着一边思考：

"即使柴郡猫在那栋房子里，但出了那么大的乱子，不管怎样都能跑掉吧。"

没办法，想不通。晴美冲着福尔摩斯的方向招呼了一声：

"嘿，福尔摩斯！"

不回答倒也罢了，福尔摩斯还摆动了几下尾巴。晴美顿时面露难堪，感觉自己似乎被嘲笑了。

"柴郡猫瞄准的是艺术品吧？却什么都没偷就溜走了？"

就算想偷，在来了那么多警察的情况下不太可能得手。

柴郡猫让野上信忍打开后门，击晕她，绑了扔进储藏室。

也就是说，柴郡猫先从外面进来，然后潜伏在某个地方。

"会潜伏在哪里呢？"

话刚出口，福尔摩斯就抬起头。

"什么啊，你醒着呢？"

福尔摩斯睁大眼睛看了看晴美，打了个哈欠又睡了。

"瞧不起人！"

晴美生气了。

但是……柴郡猫要等到什么时候呢？

直到大家都睡熟？太奇怪了。

如果看不到信忍，大家应该会有些骚动，不可能不管不顾地就睡了。这一点，柴郡猫也知道吧。换句话说，他知道信忍会被发现。

这也是片山他们认为柴郡猫已经潜入的理由所在。

当然，他应该知道信忍会说出来。

但那起谋杀是怎么回事？如果是柴郡猫所为，是为了什么？真的是瞄准野上却误杀了女帮佣？如果是从一开始就瞄准了那个女人呢？

那个叫加代的女人……是什么人？

"有必要调查一下……"

晴美嘟囔着，忽感困意袭来，趴在餐桌上很快睡着了。

福尔摩斯抬起头看看晴美，轻轻地叹了口气，也睡着了。

"起来看看！"

耳语声传来。

"起来看看……会看到有趣的东西哦……"

是做梦？还是我在说梦话？

信忍在床上翻了个身。

然后……忽然感觉到人的气息。

突然意识到这是现实。有人在身边。

恐惧得睁不开眼睛，总觉得那里有一张脸。

全身冒汗。不行！要睁开眼睛！

下定决心，信忍睁开眼睛。

没有人。猛地坐起身，房间里一个人也没有。

梦？

是吗？不过确实听到了。

"会看到有趣的东西"，那个声音……

那是……那家伙的声音。

信忍悄悄下了床。

猛然记起今天是周一，但很快又想到今天可以请假，毕竟"父亲被杀了"，自然需要请假。

当然，信忍知道爸爸还活着，也知道被杀的是加代。

信忍觉得"就说是父亲被杀了"的想法很有趣。户并听了，苦笑连连。

但是这样真的能抓住那家伙吗？

信忍轻轻地打开门。

总觉得有人在那里。探头看了看，却不见人影。

那声音果真是在梦中听到的吗？

正要把门关上，只听"咔嗒"一声，有扇门开了。

吓了一跳，刚想把门关上，却无法抵挡前去窥探的诱惑。

那扇门……不是给客人用的卧室吗？

现在走出来的……是爸爸！

信忍屏住呼吸，看着爸爸步伐不稳地穿过走廊。

爸爸好像下楼去了。

但是……虽然松了一口气，信忍还是有些不安。大概是因为爸爸的样子有些奇怪。要说哪里不对劲，她也不太清楚……

信忍悄悄地踱到走廊上，朝爸爸刚才出来的那扇门走去。

这是客房。谁在这里留宿了？

犹豫了一下……听到心中有个声音在阻止：不要去看。

但是她控制不住自己。抓住门把手，慢慢地转动。

晨光洒进客厅。

虽然还没有完全天亮，但已经没有必要开灯了。

站在窗边眺望的野上听到门打开的声音，回过头。

"是你啊！"

看到户并，他松了一口气。

"老师，您一夜没睡？"户并一脸困惑，"这对身体不好。哪怕是睡一小会儿……"

"睡着了，睡了一小会儿。"他打断他，"我没事。不说这个，好子呢？"

"镇静剂起了作用，她睡着了。"户并说道，"江利子在旁边陪着呢。"

"是吗？真不好意思，让樋口小姐费心了。"

"这倒……"户并说着，慢慢走到房间中央，"可是，老师，夫人她……"

"她不会杀人。"

"我也是这么想的。不过我想那个片山知道老师这么说是在袒护夫人……"

野上深深地坐进沙发里，说道：

"以目前的情况，警方会怀疑是好子刺伤了加代……我不能坐视不理。"

"但是作伪证的话……"

"好子没做过！这样就可以了。"他语气强硬，"更重要的是留意那个小偷。"

"在那场骚乱中，是不可能偷画的。"户井说道，"他逃走了吧？"

"嗯……总觉得有些沮丧。"

"那种事……比起这个，从今天早上开始，新闻报道了老师去世的消息，前来吊唁的人可多了。"

"你去一律拒绝了，反正都是为了人情来的。"他挥了挥手，"比起这个……"

说到这里，野上朝门口方向看了一眼，不禁吓了一跳。

"信忍，你起来了？这个时候就……"

穿着睡衣的信忍径直走来，

"她一直在哭哦。"

信忍说道。

"什么？"

"她是那个在派对上拉小提琴的吧？"

野上的脸色变得苍白。

"你……什么都不要管！"

"我看到了！"信忍声音颤抖，"她在哭，那个人……"

户并在一旁目不转睛地看着信忍。

"信忍小姐，暂且……"

"别管我！"她尖锐地反驳道，"你管我做什么？说到底，我是这个人的女儿嘛。"

"信忍……"

"不管我做什么，你都别生气！"

说完跑出了房间。

信忍刚走，江利子就走进来了。

"出什么事了？"她问道，"信忍小姐好像哭了。"

"以后再说。"

户并冲她摇了摇头。

"夫人她……请老师过去。"

听了江利子的这句话，野上慢慢地转过脸，问道：

"醒了？"

"嗯。好像有话要跟您说。"

野上站起来，默默地走出客厅。

"怎么了？"

江利子走过来问道。户并摇了摇头，什么都没说。

天亮了。

客厅里已经被阳光照得越来越暖和，房间里的气氛却一直阴森森的，非常压抑。

信忍万万没想到随心所欲竟如此无趣、无聊。

原本以为会很轻松、很快乐、很自由。朋友们都去学校学习毫无用处的功课时，自己一个人逃课玩耍。很久以前，信忍就憧憬着这样叛逆地"走向不良之路"。

但……没什么意思。

不应该是这样啊……

信忍坐在汉堡店的二楼呆望着窗外，心里反复地对自己说：不应该是这样啊……

心神不定。不想去学校，但也不知道想做什么。

她一边用手指骨碌骨碌转动着几乎空了的可乐瓶，一边向自己提出了一个具有讽刺性的问题：

这样就算是反抗父亲了吗？

说实话，她对父亲的所作所为感到愤怒，心里想着绝不原谅他，但到底怎样才能惩罚他？对此，她一无所知。

穿着可爱制服的店员走上二楼喊道：

"野上信忍女士，您在吗？"

咦？在叫谁？

还有其他人叫野上信忍这个名字？我明明是偶然走进了这家店。尽管如此……

"野上女士？有您的电话。"

这么一来就不能不去接了。

"好的，抱歉。"

说着，信忍离开座位，走下楼梯。

到收银台拿起电话，小心翼翼地说了声：

"喂……"

"干什么呢，在那种地方？"

是一个愉快的声音。

这个声音！是那家伙！

"听出我是谁了？"

"当然，懦夫！"

语气带着生气的意味。

"喂，别冲我发火嘛。"

柴郡猫说道。

"你怎么知道我在这里……"信忍刚问出口，随即反应过来，"你在跟踪我？当然，肯定是这样！"

"因为担心你。你是想好了要逃学才从家里出来的吧？

一看就知道了。"

"你敢露面吗？什么都偷不着的大盗先生！"

信忍冲他叫嚷。

"你好好的就行，这比什么都重要。"

柴郡猫笑了。

"有什么好笑的？就会骗人！"

信忍不小心大声喊出来，慌忙环视店内。

"喂，你等一等……我明白了。你以为是我干的？揍你、把你捆了、扔进储藏室那些事？"

"还有其他人吗？"

"确实有其他人。不是我。"

"可是……"

"你看到对方了？听到对方的声音了？"

被这么一问，信忍无法反驳。

"不过……我照你说的去开门了。"

她强调。

"比约定的时间晚了很多吧？"

"因为……太忙了。"

"我知道你不情愿。确实，如果没什么事，我会在后门口等到早上。可是在院子里巡视的警卫来了，我得藏起来。"

"你说什么？"信忍拿好听筒，"你刚才说什么？"她反问道。

"你听到了。"

"你是说，揍我的人和杀了加代小姐的人都不是你？"

"当然。"

柴郡猫理直气壮。

"那么……"

"是谁干的，我也不知道。"

"真的？"

"相信我吧。要是有人想杀人，从一开始就是那种家伙。"

"你是说你不是那种家伙？"

"如果是，我还会……跟你打招呼，弄得这么费事吗？"

柴郡猫的理由很有说服力——不，不如说是信忍打从心底里想去相信对方说的话。

"我相信你。"信忍说道，"不过，告诉我一件事。"

"什么？"

"是你把我吵醒的吗？"

"什么意思？"

"没什么。"

是在梦中？被柴郡猫的声音吵醒，知道了父亲干的事？

"喂，你帮我一把！"

信忍说道。

"我帮你？"

"是的，我想借你的手……"

"做什么？"

"偷我父亲的画！"

信忍说道。

"哎呀，哎呀，太吵了。"

向井抱怨道。

"别管媒体了。"

野上益一郎说道。

"户并先生到处奔走……不管怎么讲，电视台和杂志社都说想制作哀悼老师的特辑，同样的策划案有几十个了。"

"哀悼啊，"野上苦笑，"这应该是最后一单生意了。"

画室里恢复了往日的宁静。

"真大啊！"

野上感叹道。

"什么？"

"这间画室。第一次感觉这么大。"

野上双手背在身后，慢慢地向画室深处走去。

"老师……"

"我甚至想，干脆真的死了，消失在什么地方。"

"您没事吧？太累了吧？"

"累……当然了，人活着都会累。只是，也有区别——有的累是因为创造了什么，有的累是白白地浪费了生命。"野上走到最里面，回过头来问道，"我是不是出了什么问题？"

向井表情淡然地回答道："说明老师也是人啊。"

野上轻轻一笑，那笑容中带有自嘲的意味。

画室里仍悬挂着"亚当与夏娃"主题竞赛的入围作品。冢田的《两个夏娃》自不必说，其他还有户并的作品以及栗原那幅令人困惑的《被解雇的亚当和夏娃》。

"我的画总有一天会被超越。"野上说道，"到那时，我的使命就结束了。"

"还早，还早，老师还有大好时光。"向井说道，"老师去世的消息传出之后，您猜怎么着？老师的画升值了三倍！"

"无聊。收藏家只会竞相追涨。"

"但高价格是社会大众对画作的评价。"

"我知道。"野上耸耸肩，"但是和年轻时不一样了，高价格已不能激发我创作的欲望。"

"但会激发销售的欲望。"向井说，"入选的那位叫冢田的画家真是与众不同，是如今很少见的男人。"

"是嘛……大概是吧。"野上点点头，"是交给你代理的吧？尽量高价卖出去。从事创作的人最好拥有一次售出过高价的经历，否则就只能停留在自我满足里。"

"原来如此。"向井兴致勃勃，"老师的这番话，真是让哲学家都自愧不如啊。"

"别开玩笑了，我是一个除了画画一无所长的人。"

野上正说着，有人走进画室，是樋口江利子。

"老师，片山先生来了。"

"是吗？带他过来吧。"

野上说道。

"那我告辞？"

向井问道。

"不，你待着，反正我只是一缕鬼魂。"

野上一本正经地说道。

江利子去了趟客厅，然后带着片山走下来。加代被杀后，江利子似乎接手了她的工作。

"哟，刑警先生。"野上问道，"有什么发现？"

片山看到栗原的画还挂在那里，便移开了视线。

来之前，栗原交代他务必"问问他如何评价我的画"。

"目前还没有……"片山略显羞愧地回复道，"今天来要请教……关于加代小姐的事。"

"啊，真可怜……说是没有家人。"

野上感叹道。

因为太过不在意，所以连加代的姓氏都忘了。的确，如果十年来只用加代这个名字，姓氏被忘记也是正常的。

"加代女士姓沟田，沟田加代。目前知道的是，她是金泽人，"片山看着记事簿，"和母亲两个人来到东京后不久，母亲去世了，加代女士就在这里工作了。"

"是叫那个名字吗？"向井说，"她是个很机敏的人。"

野上不知为何，保持沉默。

片山想继续谈下去，便问；"您想到什么了？"

"啊，没什么……是姓沟田吗？你确定？"

"是。"

"是嘛……是没听过的名字。一般来说，即便忘记了，但只要听过，再次听到时就会记起来。"

野上说着，看向《两个夏娃》那幅画。

"我想见一下您夫人。"片山说道，"想问一些情况。"

野上似乎有些犹豫。

"樋口小姐，"他对江利子说，"你能去问问夫人吗？就说刑警先生想跟她谈谈。"

"好。"

江利子正要离开。

"哦，等一等。"野上叫住了她，"户并在吗？"

"出去了，不过快回来了。"

"他回来后告诉我，就说我想再开一场派对。"

每个人都露出了困惑的神情。

"老师，您这是什么意思？"

江利子问道。

"是字面意思。派对就是派对。"野上看着《两个夏娃》，"好不容易得了奖，却摊上这么大的事儿，一定要再庆祝一次……反正我还活着这件事也要公开的。"

"可是……什么时候？"

"越早越好，明天吧。"

"好！"

"你转告户并，就说邀请和上一次相同的所有客人。"

"您是说相同的……所有客人吗？"

"尽量……所有有空出席的客人。"

"我知道了。"

江利子正要离去，野上又补充道：

"还有演奏小提琴和钢琴的那两位。"

江利子回头刚想说什么，就听见野上又说道：

"听好了，要请那两人弹奏同样的曲子！"

"明白了！"

江利子快步走上楼梯。

"再举办一场派对？"栗原问道，"那是什么意思？"

片山心想，你问我，我问谁去？又不是我要开派对。

"野上先生是这么说的。"他如实传达，"说是想邀请同一批人参加。"

片山说到这里，好像突然想到了什么。

"当然，着装可以不一样。"

他再也不想看到穿白色无尾晚礼服的上司了。

"不会是选拔会吧？"

"只是派对。当然，评审员可能都要来。"

栗原在自己的座位上沉思着。

"好吧，我们能把野上先生去世的假消息隐瞒到什么时候呢？无论如何，还是赶在消息泄露之前主动公开比较好。"说着，点头自我肯定，"关于这件事，他说过什么吗？"

"他好像很担心科长会因此而担责，会有麻烦，说是交给我们全权处理。"

"是嘛！真是格局很大的人物啊。"栗原深有感触，

"那么，片山，你问了吗？"

"哦……那个……那幅作品会在明天的派对上吊起来。"

除了认为"吊起来"这个词似乎可以换成别的说法之外，栗原对此还是很感激、很高兴的。

"怎么办，科长？要不要提前公布真相？"

"不，在派对上宣布吧。如果提前，还得召开记者会，解释为什么当时假称他去世了。但如果是在派对上，野上先生突然出现……效果要好得多。你觉得呢？"

片山恍然大悟，感觉此刻的栗原比任何时候都懂逻辑。

"知道了。那我就这么转告，先跟户并说说。"

片山总觉得不安。他不认为野上只是出于"感到对不起冢田"而再次举办派对。

本来就是野上本人提议假称被杀死的人是自己，为什么现在又突然提出要公开真相？

"你见到他夫人了吗？"

栗原问道。

"没有。虽然我向她问了话，但她无论如何不想回答。"

"哦……你怎么看？"

"谁知道呢……被杀的是沟田加代，也许这是最重要的。"

"什么意思？"

"也就是说，不是认错了人，可能加代本来就被盯上了。我是这么想的。"

栗原默默点头。不知他是同意这种说法还是表示他明白了片山的意思。

"片山先生，您叫我？"

石津走过来问道。

"是啊。野上先生家明天又要举办派对，你去准备一下。"

"什么？"

片山把事情详细地解释了一遍。

"那么……饭菜也和上次一样吗？"

石津问道。

"比起这个，也许这次会出现……柴郡猫。"

片山说着，在心里加了一句：

"他能不能行行好，把《被解雇的亚当和夏娃》偷走？"

大门的门铃响了，久美子以为一定是爸爸妈妈回来了。

"来了！你们回来了！"

她跑过去打开大门。

"呀！"

站在眼前的是户并。

"啊，对不起。我以为是爸爸他们……请！"

久美子慌慌张张地退到一边。

"不用，很快就说完。"

"但是在这里说……您还是进屋吧，虽然地方不大。"

户并依言走进去。等待久美子端茶时，他环视室内。

"你家很不错。"

"这种破破烂烂的公寓？"久美子笑了笑，"请喝茶。"

"谢谢……我不是说公寓不错。确实，公寓本身很旧，但房间里的氛围很不错。"

"您这么说，我很高兴。"久美子被户并盯着，有点儿害羞，"我脸上有什么东西吗？"

"抱歉，抱歉。我一直在想，作为模特儿的活人和作品中的姿容，哪一个更有魅力？"

"这种事啊，答案是肯定的。就拿那幅画来说，画中人要漂亮得多。"

"是吗？"

"因为，虽然模特儿是我这样的，但画画的是我爸爸！"

户并又盯着久美子看了一会儿。

"不对，那幅画画出了你的内在气质。"

"信忍小姐也是吗？"

对此，户并微笑着说：

"信忍小姐在那种情况下自愿做我的模特儿，她内心的温柔也跃然于画上了。"

久美子稍微停顿了一会儿，问道：

"您知道的……对吧？"

"你是老师的孩子这件事？算是吧，画信忍小姐的时候就觉得她和入围作品里的少女一模一样。"

"我并没有什么别的想法。"久美子说道，"一个从没见过面的人突然被说成是我父亲，我也不知道该怎么办。"

"我明白。这就是你的优点所在。"

"但是有一点，我很在意信忍小姐知不知道这件事。"

户并稍微想了想，说道：

"那是个聪明的孩子。我觉得她不可能不多想，但她能把它藏在心里。"

"真了不起。"

"不，你们很像。与其说是外表像，不如说是内在像。你们一定能成为好朋友的。"

"但是……我们不是一个世界里的人。"

久美子笑了。

笑容很清爽。

"啊，对了，差点儿忘了重要的事。"

听完户并的话，久美子有些不知所措。

"再次举办派对？"

"嗯。来了就知道了。不管怎么说，如果你爸爸不来，场面就不好看了。当然，你和你妈妈也是。"

"那……那样的裙子，我不想穿第二次，觉得难为情。"

"着装方面，穿平时的衣服就行了。拜托，你会来吧？"

户并叮嘱道。

"会的！"

久美子点点头。

"太好了！那我明天七点派车来接。"

"知道了。"久美子看到户并站起来要走，连忙说道，"您要回去了？我想爸爸他们差不多该回来了。"

"我还有很多地方要去。"户并一边穿鞋一边说，"那么，我等着你们哦。"

"好。"

户并走后，久美子立刻在自己的衣柜里翻找。

虽说不穿礼服也可以，但不能真的只穿平时的衣服去啊。

穿什么去呢？天哪！

大约过了二十分钟，冢田和有贵子回来了。

"我们回来了哦！"

说完，有贵子就愣住了。

久美子的衣服散落得到处都是，连下脚地都没有。

"还以为家里进贼了呢！"

之后听了久美子的转述，她说：

"真古怪啊。"

她看着丈夫。

"嗯……不能不接受吧。"冢田歪着头，宣布："我再也不穿无尾晚礼服了！"

"妈妈也去吧？"

被久美子这么一问，有贵子慢慢地坐到椅子上，说：

"老公！"

"什么事？"

"野上先生还活着。"

"你说什么？"

"一定是这样。他不可能这么轻易地死了。"

母亲的话让久美子恍然，她也有这种感觉。

野上还活着。但是，再次举办派对是要干什么呢？

大门开了。

"我回来了。"

水上祥子把小提琴的琴盒放在楼梯口，看见一双男鞋。

有客人来？罕见。

"我可以把这个东西拿去印刷了吧？"

听到这个声音，祥子吓了一跳。

"哟，回来得真早。"泽本要说道，"这是户并先生。"

"嗯……您好。"祥子向户并轻轻点头示意，"抱歉，我去换衣服。"

"说是让我们明天再去演奏一次。"

听了泽本的话，祥子怀疑自己听错了。

"不会吧……"

"真的，"户并说，"明天晚上要和前几天的曲目一样。"

"是认真的啊……"

祥子说了一半就沉默了。

"刚刚我们正在商量节目单。"泽本拿着复印好的单子给她，"你怎么看？我把法国音乐放到了后半部分。当然也会弹肖邦，放在前半部分的收尾。"

明明之前那么讨厌野上出钱给他开独奏会。

然而，如今的泽本变得很热衷。

祥子原本想说服他去做这件事，可一旦他真的愿意……

泽本还不知道祥子一个人留在野上的府邸后发生了什么事……不，他甚至不知道野上还活着。

祥子看了一眼节目单。

"已经很好了。"她说，"也许把第二首和第三首调换一下会更好，避免连续两首都是长调的曲子。"

"嗯……是吗？对啊。那就请把这个和这个换一下。"

泽本做了记号，交给户并。

"明白了，剩下的交给我吧……啊，对了，关于照片，上次您给我的那个，感觉不是很好。"

"是请朋友帮我拍的。"

"果然是外行拍的。还是请专业人士来拍照吧，明天出席派对的时候，如果方便……"

"知道了。"

"那么，先这样……明天七点要到哦。"

当户并收拾停当，准备离开。祥子急忙说道：

"我有东西要买，也要出去一趟。"

刚和户并出门，她就问道：

"这是什么意思？"

"您生气是理所应当的。"户并边走边说，"可是明天的派对和那件事没有关系。您能不能想开一点儿，忘掉那件事……就一天。"

"真是得意忘形啊!"祥子气极反笑了,"野上在想什么?"

"他也很痛苦。"

"当然!我想把他关进监狱。"祥子说道,"我只是怕泽本知道,才没这么做。"

"我知道……明天,来吧!"户并重复说了一遍,"那么,告辞!"

说完快步离去。

天色已晚,已是深夜时分。

20 当晚

"辛苦了！"

到处是人们互道"辛苦"的声音。

"真好啊，这次的作品！"

也有说着千篇一律的恭维话的客人。

"还有一种配色……"

还有想多显摆几句的人。

形形色色。

信忍看了看手表……再过半小时就得出去了。

虽然只是一间小画廊，却在艺术爱好者中广为人知。

"信忍小姐真不容易啊。"

这样说的人也有。对信忍来说，怎么回答都很为难，但她本来就是个刚毅的孩子，看不出悲伤的样子，让人难以生疑。

"信忍小姐真棒呀！这就是遗传啊。"

听了年长的朋友这样评价，她很高兴。

"谢谢您。"

信忍送走一位熟人，松了口气。

差不多该走了吧？

明天又要引起骚动了。

就在这个时候。

"喵——"

咦？这个声音……

她惊奇地看向门口，福尔摩斯正迈着碎步踱进来。

"福尔摩斯……啊，晴美小姐！"信忍的脸微微红了，"你们怎么知道这里？"

"是户并先生告诉我的。"晴美说道，"真了不起！"

"这家伙！今夜的派对上，我要狠狠地揍他一顿。"

信忍生气地说着。

"不是很好吗？"晴美笑了，"户并先生说，即使从画家的视角来看也是相当不错的。"

"只能算是个画画的。"

虽然这么说，但有一点不可否认，那就是她很受用。

"这间画廊的主人每年举办两次新人画展，我是其中一位。"

"太棒了！"

说着，晴美和福尔摩斯站在了信忍的画作前。《家人》。但与题目相反，这幅画画面荒凉，没有人影。

"哪里有家人？"

晴美老老实实地问道。

"这是我心中的家人形象。"

"没有人？"

"在角落里有这么一缕……虽然只画了影子。"

确实，仔细一看，只有框外的人影微微探出头。

"虽然我不知道怎么称赞画作，"晴美说，"但至少，我觉得你拥有把自己想表达的东西好好画出来的技艺。"

"谢谢！"信忍松了口气，补充说道："听到来自非专业人士这样的评价，我很高兴。"

"你去参加派对吗？"

"去。晴美小姐，你们……"

"一起去吧？"

"好！"信忍点了点头，"现在就去？"

"走吧，哥哥他们先走一步了。"

晴美和福尔摩斯在画廊外等待信忍作准备。

十分钟后，信忍走出来。

"晴美小姐！"她一脸严肃地说道，"那个……"

"怎么了？"

"我刚才在里面谈了点儿业务……"

回到画廊里信忍的画作前。

"不知是谁贴上去的。"

信忍说道。

《家人》的画作下面，贴上了"已售出"的牌子。

标示着"售出合约已签。柴郡猫大人"。

"由我来负责厨房吧。"樋口江利子说道，"毕竟加代小姐不在了。"

"辛苦了。"

片山探头朝厨房那边看了看。

有四个人在忙碌地工作着。

"和前几天的人不一样呢。"

"是啊，大家心里感觉不吉利……"江利子说道，"听说凶器是从这里拿走的菜刀。"

"确实如此。"

"我在思考如何尽量不用菜刀。"

江利子干劲十足。

"拜托了！"

片山正想离开，只听石津说道：

"如果可以，我愿意在这边帮忙。"

"你只会吃东西吧！"

片山拉着石津回到客厅。

户并走过来，一屁股坐在沙发上。

"总算把客人找齐了！主要人物都答应来了！"

"够辛苦的。"

片山感叹道。

"唉，没办法啊。"户并说，"那位老师总觉得什么事情都能按照自己的想法进行呢。"

"今天的目的是什么？"

片山问道。

"不知道。片山，他上次什么都没偷着，今晚一定会来吧？"

"柴郡猫？不好说。他真的想偷这里的画？"

"老师这方面的目的可能很单纯，也许只是想宣布自己还活着，吓大家一跳。"

"就为了这个开派对？"

"有可能。艺术家嘛！"

户并说道。

小提琴的旋律响起，钢琴轻快地伴奏。

画室仿佛回到了竞赛当夜，热闹的谈话声和玻璃杯的碰撞声交杂着。

222

片山走出客厅向户并喊道：

"时间差不多了吧？"

"嗯。"户并把注意力转向二楼，"老师正在作准备。"

"只是惊扰大家一下而已。"

"说的是啊。"户并看到了冢田久美子，"呀，你们来了。"

"来晚了……爸爸花了不少工夫准备。"久美子转过身招手喊道，"快点儿！"

久美子穿着可爱的连衣裙，冢田穿着粗花呢夹克亮相了。

"好了，去画室吧。"户并催促道，"您夫人呢？"

"啊，一起来的，大概是……去卫生间了。"

"爸爸，您先走，我在这里等着。"

久美子说道。

"好吧。哎呀，总感觉今天又要参赛了，心里不踏实。"

冢田笑着说。

敲了敲门，不出所料，

"请进。"

里面有人回应道。

有贵子打开了门。

"你来了？"野上没有显露出意外，"我知道你会来。"

"我觉得您还活着。"

有贵子回了他一句。

野上笑了。

"你觉得我不是人吧？"

"也许。您不是说过，艺术不是人干的事儿吗？"

"我这么说过？"

"您忘了？"

有贵子站在门口。

"那孩子呢？"

"久美子？在楼下。"

"是嘛……信忍那家伙闷闷不乐的，要是那孩子能陪一下她，就帮上大忙了。"

野上在镜子前整理仪容。

"您到底在想什么？"

"诈死这件事吗？有很多原因。"他开心地笑着，"那个……有贵子！"

"什么事？"

"在你看来，我可能不是人，但我也会变老的。"

"那是……"

"让我抱一下。"见有贵子板起了脸，野上连忙说，

"不是，不是！我不是说我想和你做什么，真的只是字面意思，我只想用双臂把你抱在怀里，可以吗？"

"为什么？"

"想回忆一下过去。"野上平静地说道，"怎么样？"

有贵子慢慢地走过来。

"如果只是抱一下……"

"谢谢！"

野上走近有贵子，把她紧紧地抱在怀里，静静地抱着。

有贵子一动不动地站着。

"谢谢！"野上放开手，"想起来了，就是这种感觉。"

"你……"有贵子目不转睛地看着野上，"难道……"

"什么？"

"打算自杀吧？"

一瞬间，野上像被击中要害，却马上笑了。

"我是已经死去的鬼魂，怎么还能再死一次？"

"您是认真的吧？您是打算自杀才举办今晚的派对吧？"有贵子拉住野上的胳膊逼问道，"回答我！"

"做错了吗？"信忍问道，"我……做错了吗？"

她看着镜子里自己那张可怕的脸。一个画画的人对表情的变化——包括自己的脸——是敏感的。

"也许错了。可是，无法原谅。爸爸的做法那么过分，那女孩会受到多大的伤害啊。他都不知道！得给他点儿教训！对吧？我说得对吧？反正爸爸可能还会活很久，很久。"

信忍聊天的对象是无法回答她的。那是一只三色猫。

不知何时，福尔摩斯已经坐在信忍的房间门前。信忍让福尔摩斯进了屋，自己换上参加派对的连衣裙。

"虽然比礼服朴素，但有点儿像个大人了，对吧？"

她转了一圈，福尔摩斯微微歪着头看。

"喵——"叫了一声，随即抬起头。

信忍认为它并不是往上看，而是示意喉咙。

"啊，是吗？胸口有点儿空落落的？"

从首饰盒中取出项链，试着自己戴上。对，确实很适合，从脖颈到胸前都变得有光彩了。

一只不可思议的猫。真的，能理解别人的心情，好像有一颗人类的心。

"你呀，还挺讲究呢。"信忍说道，"时间快到了。"

福尔摩斯转向门口方向，短促地叫了一声。

"有人吗？"信忍过去开门，"啊！"

门口站着的是冢田久美子。

两人目瞪口呆地互相凝视着对方。

"吓了我一跳！"信忍挽起久美子的胳膊，"快进来！"

把她拉到屋里，两人并排站在镜子前。

实在是巧合，两人穿了款式相似的连衣裙。当然，信忍穿的是高级定制款，久美子穿的是品牌成衣。

虽然以价格而言，信忍所穿的要昂贵数倍，但色调和款式看起来差不多。久美子只缺一条项链。

"来，这个，把它戴上！"信忍从自己的首饰盒里取出一条项链，走到久美子身后，帮她戴上。

"怎么样？很合适吧！"

"可是……"

"不好吗？就像双胞胎，我们俩！"两人并排站着，信忍把手放在久美子肩膀上搂着她，"我们很像，你不高兴吗？"

"不是的……"

无需再多说什么了。

"几月份出生的？"

信忍问道。

"五月。"

"我是八月。那么你稍微大一些，是姐姐……姐姐！"

"哦，妹妹！"

两人笑着拥抱在一起。

随后，信忍叹了口气。

"不愧是姐姐！"

"怎么了？"

"胸比我的大！"

"不许胡说八道！"

久美子红着脸低下头。

"但是……我一直是独生女，现在好开心啊。"

"我也是！"久美子说道，"我爸爸也知道了。不过，我的父亲永远只有爸爸一个人。"

"我的爸爸简直不能说是个父亲。"

"还活着呢，难道……"

"那是个怪物，不会死的怪物。"

信忍说道。

"啊嚏！"野上打了个喷嚏，"谁在说我的坏话？"

"是谁呢？"

"太多人了，我不知道是哪一个。"野上笑着说。

有贵子带着些许悲伤的表情说道：

"您不回答我的问题吗？"

"好吧，你听着，"野上坐在椅子上，"对艺术家而言，什么时候死，并不是什么大问题。艺术家关心的只是作品能活多久，仅此而已。"

"但您除了是艺术家，还是丈夫，是父亲。"

野上好像很意外，问道：

"你这么看我？"

"很多人恨您，但也有很多人爱您。拿死亡开玩笑不合适。"有贵子认真地说，"玩弄死亡，就是玩弄生命。"

野上忽然站到镜子前。

"我很怕！"他说，"迄今为止，我对自己所犯下的罪过都不以为然。相反，我尝到了乐趣。即使下地狱也不怕。"

野上看着有贵子，继续说道：

"举办'亚当和夏娃'竞赛是我的主意。"

"您是打算把自己驱逐出伊甸园？"

"是失乐园。我本以为即使被驱逐也不会动摇，但……

我并不是一个坚强的人。"

"您不是恶人。您没有自己想象的那么坏。"

对有贵子的话，野上只是轻轻一笑。

"也许吧。没什么，不过是个凡俗男人罢了。"野上把手搭在有贵子的肩上，"谢谢！多亏有你，我释然了。"

"我的本意并非如此。"

"不管什么事情，我都取其积极的一面。"

野上笑了。

有人敲门。有贵子急忙打开门，见户并站在门外。

看到有贵子，他没有显露出吃惊。

"老师，派对准备好了。"

"嗯，像事先商量的那样进行就好。"

"是。即使知道老师还活着，也不会有人感到惊讶。"

"真没意思。那么……要不我扮成大猩猩玩偶出去？"

有贵子忍住笑意。

"我先去楼下。"

说完，低头示意，朝走廊上走去。

户并留下来和野上谈事情。

有贵子把门关上，正要往楼梯走，就听见了猫叫声。

"哎呀……久美子！"

有贵子回头一看，见到了三色猫，还有宛如双胞胎姐妹般手牵手走来的两个女孩。

"妈妈！"久美子介绍，"这是我的新妹妹！"

"你怎么这么称呼信忍小姐……太失礼了。"

"哪里，完全没有。"信忍说道，"我们决定了，每周见一次面。对吧？"

"嗯。"久美子点点头，"但是，妈妈，以后我会有真正的妹妹或弟弟吧？"

"别拿父母开玩笑。"有贵子苦笑，"我们下楼吧。"

画室中再次弥漫着热闹的派对气氛。

"哎呀，福尔摩斯，你去哪儿了？"

晴美发现了福尔摩斯，把它抱起来。

"喵呜——"

福尔摩斯发出不太自在的声音。

另一边，片山这会儿正怀着忐忑不安的心情等待着栗原。

他的不安并不是因为担心栗原可能不会来，如果不来就再好不过了。他知道科长肯定会来。他的不安是担心如果科长今天又穿了白色无尾晚礼服，那可怎么办？

石津一边在派对会场内巡视一边顺便把菜肴接二连三地夹到盘子里吃掉。

"刑警先生，请多多关照！"

走过来向片山打招呼的是向井。

片山问他：

"您觉得会发生什么事吗？"

"谁知道呢……对我来说，一切都是为了抬高画价。只要被杀的不是我就行。"向井明确地回复道。

向井端着玻璃杯加入其他客人。晴美抱着福尔摩斯走来。

"这个人真惹人厌啊！"她把目光转向向井消失的方向，"艺术什么的，都不关心，只要卖个高价就行了。"

片山对向井虽谈不上喜欢，但他认为确实需要这样的男人，否则每个画家都不得不从销售作品的谈判开始做起。

"嗨，户并。"

片山看到户并出现，举手示意。户并急忙走过来。

"就要下楼了，"他说，"因为没有号角齐鸣的阵仗，好像会不满意呢。"

真是不可思议之人——片山觉得艺术家实在是令人难以理解的一类人。

虽然栗原也让他难以理解，但没到野上这种程度。

"片山先生！"

刚去楼上客厅转了一圈的石津回来了，慌张地喊他。

"怎么了？"

"栗原科长在上面。"

"终于大驾光临了吗？"户并问道，"老师马上就会下楼，栗原先生也快下来了吧……"

但是片山意识到好像有什么事发生了。

"我去迎接一下。"

"我也觉得这样比较好。"

石津表示赞同。

片山急忙从画室往客厅走去。

"哎呀，我有点儿犹豫不决了！"传来栗原兴高采烈的声音，"说到底，参加派对就该有适合派对的行头，对不对？"

"是，您说得对。"樋口江利子端着上菜盘说道，"这身行头非常适合您！"

栗原注意到片山过来了，问道：

"哦，怎么了？野上先生已经在画室了？"

"不……还没有。"

片山说道。

"是吗？赶得及，真好！"

"啊……"

栗原注意到片山的表情，低头看了看自己这身大红色上装搭配白裤子的无尾晚礼服套装，问道：

"是不是太华丽了？"

"不……领结很素雅，很不错。"

那是唯一像样的灰色领结。片山是出于讽刺才这么说的。

"是吗？这玩意儿还是很讲究的。"栗原看起来很高兴，"你看！"他抓起蝴蝶领结，"反面也能戴，是双面的。"

说着，翻过来展示了一下。

闪着耀眼光芒的金色领结登时出现在眼前，片山差点儿被闪得仰面摔倒在地。

"既然如此，只能让野上先生早点儿出来了。"片山说道，"不然就把科长关在什么地方吧。"

"没办法。"晴美安慰他，"看习惯了就不丑。"

"可是，野上先生好慢啊……"

片山有点儿担心起来。

"片山先生！"

过来的是樋口江利子。

"怎么了？"

"野上先生说要找栗原先生。"

"科长？他那一身很显眼的。"片山环顾画室，"真奇怪！"

一问才知，有人听见栗原说要上厕所，到客厅去了。

画室里也有厕所，大概是觉得往上走比穿过人群更快。

于是片山和晴美去了客厅。

"喵——"

"福尔摩斯，怎么了？"

福尔摩斯一副催他们"快点儿"的模样，边跑边回头看。

"出什么事了？"

晴美和片山跟在福尔摩斯后面，只见栗原从一楼走廊的厕所里出现了，没穿那件红色上装。

"科长……"

片山刚打了个招呼，就见栗原一个趔趄。

他吓了一跳，赶忙扶住。

"您怎么了？"

"我不行了……"

栗原慢吞吞地从片山手中滑脱，瘫坐在地。

"您喝多了吧？这可不行，明明没什么酒量……"

"不……你说的倒也没错，可是那件无尾晚礼服……"

"您是说上装？那件大红色的？"

"嗯，被偷了。"

"什么？被偷了？在哪里被偷了？"

"进了厕所，怕溅到水，就脱下来挂在门后挂钩上……洗完手，想穿回来，却没了。"

片山拼命抑制住想笑出来的冲动。

"没事儿，有人觉得好玩就拿走了。会找回来的。"

说着，他愉快地拍了拍栗原的肩膀。

"对了，野上先生叫您过去呢。"

"这怎么行！"栗原坚持道，"这事关衣品大事！"

"那我去找找看，科长在这里等一下。"

当然他并不打算去找。

片山一行回到客厅。

"看来有个很机灵的家伙呢！"

"真可怜，别这么说。"晴美苦笑，"哎呀，福尔摩斯，你怎么了？"

福尔摩斯坐在客厅入口处，一动不动地朝楼上看。

好像在担心什么……

22　枪声

"辛苦了！"户并说道，"野上先生下楼的时候请再演奏一遍。在那之前，你们可以吃点儿东西。"

"好。"

祥子松了口气。

"今天的钱，我会在结束的时候付给你们。"

"谢谢！"

泽本开始吃了。

"动作真快！"

"我饿了。"

泽本狼吞虎咽着。

祥子却怎么也高兴不起来。

一想到被野上强迫的事，自然会不高兴吧！但事关泽本的独奏会资助，她不能拒绝。

不想见野上。也许，实际上是由户并出面负责操办的。一旦独奏会成功举办，有了自己的事务所，就不用借助别人了。

祥子想，如果有这么一天，自己可以放弃小提琴，专心做泽本的贤内助。

"泽本先生，您的电话！"

江利子拿着手机过来了。

泽本大吃一惊。

"打给我的？"

"嗯，是野上老师。"

祥子停下用餐的手。泽本把盘子放在桌上，接了电话。

"喂！"

周围太吵了，泽本走到稍微安静一点儿的角落。祥子虽然很好奇，却不敢凑到跟前去听，继续慢慢地用餐。

没多久。泽本回来了，又吃起来。

他什么都没说。祥子有些不安。

"那个……是什么事？"

"没什么大不了的。"

"是嘛……你……道谢了吗？"

"嗯，当然。真好吃，这个焗饭。"

"是啊，我都想打包一些回去了。"

"没必要，随时都可以吃。"

祥子看着泽本，问道：

"什么意思？"

"无论什么时候野上先生都会请客，只要可爱的你想吃。"

祥子放下盘子。

"你说什么？"

"野上先生说：'今晚也借用一下你的女朋友。派对结束后，你一个人回去。'"

"这种话……"

"是事实吧？我早就觉得你很奇怪了。"

"那个……我……"

"上次你并不是先走了，对吧？不过，作为补偿，他会承担我独奏会的费用。"

"那是……"

"我懂。你做了他的女人就可以挥霍无度了，而我能作为钢琴家获得成功。我们各得其所，不是很好吗？"

"你说这些是认真的？"

"当然。听说你也是认真地和野上在一起。"

"不是的。"

"用不着顾虑我的感受。我已经想开了。"

泽本继续吃着。

祥子摇摇晃晃地离开桌子。

走到客厅里，祥子朝厨房看了一眼——人们忙忙碌碌，进进出出。

她走进厨房，说道：

"对不起，请给我一杯水。"

"请随意，那边的杯子是干净的。"

听了这句，她走向水槽。

悄悄看了一眼正在干活的人，看到一把切三明治用的刀。

"谢谢！"

道谢后，祥子走出了厨房。

这时，正巧江利子着急忙慌地回来了。

"哎呀，祥子小姐！"

"我刚才进来喝了杯水……"

"是嘛！"

祥子快步走回走廊，上了楼。

"我知道了。"户并放下客厅里的分机，"终于决定了！哎呀，总算是……"

"是野上先生吗？"

片山走出画室喘口气。

"嗯，我下去等他。"

"我会在这里盯着。"

片山说道。

客厅里没有其他人。片山莫名地觉得不踏实。

感觉好像会出什么事，但他不知道会发生什么……

从楼梯上传来慢慢走下来的脚步声。

片山走到走廊上，愣住了。

野上益一郎走下来，那件红色上装肯定是栗原的。

"野上先生，那件上装是……"

"啊，这个吗？我刚刚穿着普通的外套走到楼梯处，发现这个掉在地上了。看着很显眼，感觉不错，我就换上了。"

他得意地说道。

"啊……这样啊！"

在片山看来，这是何等低级的趣味啊，但艺术家的品位或许是另一码事。

"好了，不知大家准备好了没有……"

"户并应该在等着您了。"

"那我们走吧。"

野上说着点了点头。

这时忽然听到有人说：

"跑去哪儿了？"

走过来的是冢田久美子。

当她和野上的目光相遇时，不由得大吃一惊，停下脚步。

"你是有贵子女士的女儿吧？"

野上问道。

"是。"

"你有一个好妈妈，很幸福。"

"是……"

久美子目不转睛地与野上对视着。

双方都知道对方是谁。

"和信忍见面了？"

"那个……我正在找她。"说着，久美子回头看了看，"她带我到处走，突然不见了人影。"

"没关系，不用担心那家伙。好了，我们去派对会场。"

野上催促道。

"但是……"

久美子提心吊胆地握住了野上伸出的手。

"好了，走吧！"

野上看起来很高兴。

片山慢慢地跟在他们身后。

野上的背影突然显得苍老了……为什么呢？

画室里，户并大声喊道：

"大家请安静！感谢各位特地拨冗前来。这次是为了追忆老师而重新举办派对，今晚我们邀请了一位特别的客人！"

钢琴声响起，曲目出自《展览会的画》"长廊"主题。

这是适合画家派对的音乐吧。

画室的灯灭了。

从客厅射入的光线下，野上被久美子牵着手……

但那只是一个剪影，很多人还不知道是谁。

当他们走到楼梯中间时，灯突然亮了。

人们目瞪口呆，也有人露出"不出所料"的表情。

"让大家受惊了……"户并宣布道，"老师复活了！"

掌声响起。不久，所有人都热烈地鼓掌。

这时，枪声突然响起。"砰"的一声，短暂而干涩，是子弹出膛的声音。

野上摇摇晃晃。所有人都屏住了呼吸。

片山从客厅那边看到了这一幕，见野上快要从楼梯上滚下来，"石津！"他吼道，"扶住他！"

石津冲出去跑上楼梯。久美子一直紧紧地抓住野上的手。

石津接住了即将倒下的野上的身体。

"片山先生！"

"抱到客厅的沙发上去! 不管花多少钱,叫救护车来! "

石津抱起野上爬上楼梯,把他放在客厅的沙发上。片山打算帮他脱下那件红色上装。

"腋下……"

石津看着自己沾满鲜血的手。

"是侧腹中枪? "

"怎么了? "

栗原赶过来。

"科长,野上先生中枪了! "

"你说什么! 这件上装不是我的吗? "

栗原的注意力转移到无关紧要的事情上了。

"老师! "樋口江利子赶来说,"我刚刚叫了救护车。"

"已经……来不及了。"

野上用嘶哑的声音说道。

"不要紧。没打中要害,没事的! "

栗原安慰他。

"不,我活够了。"野上微微点了点头,"江利子……"

"老师……"

"户并他……"

"他正在努力控制下面的混乱场面。"

"是嘛……让他去做吧，他有这个能力。"

"把外套脱掉……"

片山尽量小心翼翼地不让野上的身体大幅挪动，为他脱下了那件红色上装。

"这是……"

片山看到血从脱下的衣服上滴下来，不由得瞪大眼睛。

"这么严重？"

"这件衣服是红色的，我没注意！出血严重！得止血！"

"我来帮忙！"

江利子走过来。

片山突然想到一个问题：是从画室那边开枪的吗？但是有这么多客人，怎么做到的？何况他刚刚还站在客厅那边。

这么说来，从哪里都开不了枪。然而野上确实中枪了。

"哥哥！"晴美说，"这个气味……"

"嗯？"片山抬起头，"烧焦的气味……"

"不会吧……"

片山朝石津走去。

"喂，你去确认一下！万一有什么事……"

"可是……去哪里？"

"所以才让你去确认一下地点啊！"

"原来是这个意思。"石津惊讶道。

这时，传来"咚咚"的脚步声，地下画室里的客人一个接一个地跑上来。

"怎么了？"栗原瞪大了眼睛问道。

"着火了！"有人喊道。

"着火了？"

片山急忙跑到通往画室的楼梯上，但不管哪一边都有客人源源不断地跑出来，他根本无法走下去。

"老师呢？"

户并跑上来。

"在等救护车。怎么回事？"

"不知道。冒出烟了，闻到烧焦的味道，却没有火光。"

"不管怎么说，先把客人疏散出来。虽然会影响搜查，但也没办法了。"

"知道了。我引导他们去大门口。"

客人出来时，户并大声引导："请到大门口去！出去往右走！"

等到客人们大约走光了，片山向画室走去。

原来如此，空气中弥漫着淡淡的烟味，一股烧焦的煳味，但不足以说是火灾。

"喵——"

福尔摩斯的声音从某处传来。

"福尔摩斯！你在哪里？"

他左右张望着，只见福尔摩斯从烟雾弥漫的深处走出来。

嘴里叼着什么东西。

"什么啊？"

片山弯腰一看，是一块烧得黑乎乎的布。

大概是为了制造烟雾，在厕所里焚烧的。

为什么？

这时石津也下来了，片山让他再去厕所看看，自己则在画室里四处查看。

福尔摩斯迈着小碎步朝钢琴走去，很快回来了。不知它这次又叼了什么回来——原来是小提琴的弓。

"你要演奏吗？"他拿着那把弓，"这么说来，那个女孩不在啊。"

是叫水上祥子吧。野上刚才下楼去画室的时候只有钢琴在演奏，明明雇了两名乐手。

片山拿着琴弓，陷入了沉思。这时石津回来了。

"没事儿，破布碎片都已烧成灰。"

是想引起火灾后逃跑还是……

片山上楼来到客厅里，看到江利子正给赤裸上身的野上缠绷带。晴美也在帮忙。

"哥哥！"晴美说，"野上先生都坚称是受了枪伤。"

"是他本人说的，没错！"

"野上先生，专业人士一看就知道这是刺伤。"

"我是被子弹刺伤的。"

野上信口胡诌。

"野上先生！福尔摩斯把这个叼来了。"片山把小提琴的弓拿给他看，"那个叫水上祥子的女孩在哪里？"

野上移开视线。

"我不知道。"

"请告诉我真相。"

"真相？"野上看了片山一眼，"知道了真相，你们会把我扔在这里不管的。"

这时从客厅门口传来抽泣声。

"是你干的？"

片山问道。

水上祥子擦干眼泪，从片山手中接过琴弓。

"是我刺伤了野上先生，"她说道，"他却不止血……"

"所以穿上红上装？即使渗出血也不会马上被看穿？"

"他还让我把纸袋吹鼓,再'砰'的一下敲开,说是要听起来像是枪声。"

"别再说了,"野上说道,"那孩子是正当防卫,因为我要对她乱来,她才刺伤我。她是正当防卫,不是吗?"

"不是。"祥子停止了哭泣,"确实,前几天的派对结束后,野上先生粗暴地对待了我,我曾认为那是不可饶恕的。但是今天不一样,我不会否认自己的所作所为。"

野上苦笑。

"现在已经不是年轻人给老年人留点儿面子的时代了。"他说,"我想让这孩子放弃那个叫泽本的男人,那男人配不上她。我用稍微粗暴的方式让她明白了这一点,于是她生气了。"

"总有一天,我会自己明白过来的。"祥子说,"不过泽本先生的独奏会,还是请帮他举办吧。"

"我知道了。"野上点点头说,"这是你的优点。"

"啊,警笛声!"晴美说,"我去看看。"

随后听见她在走廊上喊:"哥哥!"

"怎么了?"

片山也来到走廊上,呆住了。

他起初还以为那是刚才从画室里冒出来的烟,但并不是。

"二楼着火了！"

晴美喊道。

"什么！"

野上忘却伤痛，站了起来。

"您不能乱动！"

江利子慌忙阻止他。

"二楼……好子在二楼！"

楼梯上隐约可见火光。

"石津！把野上先生带到外面去！"

片山正要上楼，不知什么时候已经冲上去的福尔摩斯从上方探出头，叫了一声。

等到片山冲上去，信忍和久美子正搀扶着不停咳嗽着的好子走过来。

火焰包围了二楼。

"快！晴美，把夫人带到外面去！"

"交给我吧！"

"你们也出去。"

片山催促道。

信忍说："是妈妈点了火，她想寻死……"

"我知道了，稍后再说！"

野上在等待好子。

"我们一起出去。"

他抱着好子。

"老公……"

"我不会抛弃你。"

"可是……"

"是向井吧？那家伙想把我的画抬高价格再偷出来卖，于是勾引了你。"

"你都知道了？"

"当然。男女之事，我最清楚不过了。"

这时，户并跑过来。

"老师！请您快出去！"

"是你啊，好吧，大家都出去吧。消防车赶不及了。"

"老师，先等一下！我去把画搬出来。"

"站住！"野上叫住户并，"除了我的画，把其他的都搬出来。"

"老师！"

"我的画就算了。明白了吧？"

"但是……"

"照我说的去做。"野上说，"这是为了你好。"

户并一动不动地看着野上，愣了一会儿，跑向画室。

"石津，去帮忙。"

片山说道。

有一件事让片山感到犹豫。

该不该把栗原的画搬出来？

短短的时间内，房子就被火势包围了。

"真糟糕。"栗原一脸不知所措，"老师，快上救护车。"

野上盯着燃烧的宅邸，没有挪动脚步。

救护车上的工作人员被气坏了，大声抱怨道：

"这不是出租车！不是计时收费等候的！"

"老师……"

有贵子来到野上身边。

"好好看看吧！这是我的乐园的末日。"

"老师……"

"就这样吧！我一直肆意妄为，结果受到这样的惩罚。"

"您在说什么？"

有贵子问道。

"加代被杀，是因为她发现好子和向井的私情。好子和
加代起了争执，就把她杀了。"野上轻轻摇头，"我不知道

加代的姓，可能她是故意不说的，也可能她是用了别的名字。那孩子是我的女儿。"

"老师的……"

"听到沟田这个姓，我就明白了。是很少见的姓，她故意瞒着，知道我是父亲，才决定来我家做帮佣。"野上叹了口气，"加代她……打算报复一个抛弃了母亲和自己的男人，所以威胁好子。都是我不好。"

那边，户并气喘吁吁地走过来问道：

"老师，您没事吧？"

"画呢？"

"按照您的吩咐，把冢田先生和栗原先生的画都抢救出来了。可是……"户并看着被烧毁的宅邸，"画室里的东西，虽然在派对上转移了不少，但还是有几件化为了灰烬。"

"没关系。"

"但是……"

"是你转移出去的吧？"

户并不知所措，问道：

"您说什么？"

"你不用待在我这儿了。"野上说，"你可以成为职业画家，就算不用柴郡猫这个名字也可以。"

每个人都沉默了。此时片山他们回来了。

"老师……开这样的玩笑，太过分了。"

户并说道。

"就这样吧，反正，你被解雇了。好了，走吧！"

野上催促道。

户并默默行礼，快步离开。

"向井才是真正的幕后黑手。"野上说，"把偷来的画卖掉比偷出来更难。大概是向井让户并偷的。"

"不会吧……"

信忍目瞪口呆。

"片山先生！"野上恳求，"请您放过户并。"

"什么？"

"他是我儿子。"

野上看着户并的背影说道。

尾 声

实在不像是病房。

"变成画室了吧？这个样子……"

片山评价道。

"喵——"

福尔摩斯叫了一声。

"嗨，欢迎光临！"野上面对着画布，"医生说每天只能画一小时左右，太啰嗦了。"

"肯定是这样啊。"

片山笑着说。

晴美看了看那幅作品，惊讶地说：

"哇，好明亮的画！"

"是啊……在地下画室里画画是个错误，更美丽的自然都在室外。"

明亮的草原上，赤条条的一家人在嬉戏。

这是一幅温暖、平和的作品。

"户并不见了。"片山说，"向井承认了自己的罪行。"

"是嘛。一幅画不可能值几千万、几个亿。充其量不过是一堆颜料。"野上说道,"从现在开始,要重新迈出第一步。"

"您早就知道户并是您的孩子?"

"我看到那家伙画画的风格了。他可能是刻意画得不一样,但还是跟我的画风很像。我很惊讶,就仔细看了看他的脸,发现和以前的某个女人很像。"

"您真是造孽啊!"

晴美叹息道。

"是。正因为如此,被赶出了乐园。"野上点点头,"人生总有支付账单的一天。"

"今后的路还长着呢。"

"是啊,好子还在呢,我要留下来,不能死啊。"野上慢慢站起身,"这里的光线很好,在新房子建成之前,我会在这里住下去。"

他好像把这里当作出租屋了。

"这是科长托我送来的。"片山把水果放在桌子上,"他说回头会来探望您。"

"请代我向他问好。"

"他干劲十足,又开始画了。"

野上笑了。

"画画是理解绘画的最佳途径。不用担心，他不久就会厌倦了。"

片山听了这话，放心了。

随后，片山他们走出去，来到走廊上。

"总觉得他变成现在这副健全的模样，反倒让人觉得失落。"晴美说，"当然了，要是再有什么孩子从什么地方冒出来，也麻烦。不过，要说他那种生命力……"

"嗨！"

片山看到信忍来了，挥了挥手。

"片山先生！"刚放学的信忍踢踢踏踏地打算跑过来，又反应过来，"糟糕！这是在医院里！"

说着，吐了吐舌头。

"你总是精神十足！"

"还没找到户并先生？真不敢相信他就是柴郡猫，我还跟他说过话呢。"

"他以前受过表演训练，还当过配音演员，能模仿好几种声音。"

"这样啊……还是我的哥哥！"信忍摇了摇头，"兄弟姐妹突然多起来了！"

"那么，再见。"

"啊，对了……那个，麻烦您去劝劝我爸爸好不好……"

"劝他什么？"

"他一看到可爱的护士小姐就立刻跟人家说什么'让我给你画幅人体画'之类的，这让我很尴尬！"

信忍说完，走向病房。

片山和晴美面面相觑。

"我们好像不用为他担心……"

"是啊。"

互相点了点头。

"喵——"

福尔摩斯也赞同。

他们仨向医院门口走去。

一九九六年十一月由"河童小说"（光文社）出版